굴러라, 공!

각자의 방식으로

각자의 방식으로

굴러라,√
√공!

박하령
장편소설

㈜자음과모음

대가는
치러야
맛!

공 굴리기:

정하윤

SEOBU HIGH SCHOOL

홍모는 나쁜 짓을 했으므로 그 대가를 치러야 한다. 숙제를 안 해 오거나 규칙을 어겼을 때 벌을 받듯이, 잘못에는 그것만큼의 대가가 있어야 하는 법. 주홍모가 우리 반 여자애들 외모 순위 투표를 남자애들 단체 톡방에서 한 건 명백한 잘못이다. 아무리 재미 삼아 했다고 우겨도 그로 인해 여자애들이 받을 피해는 엄청나다.

참고로 난 2등을 했다. 우리 반 여학생 열다섯 명 중 2등이면 상위권이므로 결과가 맘에 안 들어서 이런 말을 하는 건 아니다. 그렇다고 1등을 바라는 것도 아니고. 이런 말이 아니꼽게 들릴지 모르겠지만, 난 외모에 그다지 큰 가치를 두지 않는다. 1등을 한 손지희야 연예인 지망생이니 예쁜 건 그 애의 기본적인 책무에 속할 수도 있다. 의대를 지망하는 애들이 공부를 잘해야 하는 것과 같은 이치다. 하지만 난 외모로 평가받고 싶은 생각이 추호도 없다. 그러니 홍모가 잘못의 대가를 치러야 한다는 나의 주장은 순전히 정의 구현 차원이다.

문제의 외모 순위 리스트는 널리 퍼져 다른 반 남자애들도 다 알게 되었고, 심지어 같은 학원을 다니는 옆 학교 애들까지 "1등이 누구?" 이딴 소리를 들먹일 정도였다. 그 바람에 15등을 한 신미수는 점심시간에 울었다. 옆 반 서진오가 급식실에서 밥을 먹고 있는 미수에게 "편식 금지"라며 놀렸고, 미수가 의아해하자 해석을 해 줬다. '공일외꼴'이라고. 공부는 일등인데 외모는 꼴등이니, 골고루 신경 쓰라는 의미로 편식 금지란 말을 한 거다.

"선생님한테 말해서 홍모 그 자식 혼내 줘야 해!"

격분해서 소리치는 나에게 짜증을 잔뜩 내며 반대한 건 어이없게도 신미수와 13등을 한 이희정이었다.

"됐어. 냅둬!"

희정은 나를 째려보기까지 했다.

"야! 네가 뭔 상관?"

걔들은 펄펄 뛰기만 한 게 아니라 방과 후에 운동장에서 내 뒷담도 했단다. 이유인즉 내가 2등을 한 사실을 은근 즐기고 있어서 선생님에게까지 알리려는 거라고, 시연이 전했다.

"하윤이 네가 잘난 척을 하고 싶어서 일부러 문제를 키운다는 거지."

"문제를 키운다니?"

"그 결과를 널리 널리 알리고 싶어서……."

"그깟 게 뭐라고 일부러 내가?"

"그게 아니라면 대체 네가 왜 그러겠냐면서……."

시연 역시 나의 순수한 의도를 의심하는 눈치다. 한쪽으로만 실룩거리는 시연의 입술이 그렇게 말하고 있었다.

'헐!'

나의 올곧은 생각이 이런 식으로 받아들여질 줄은 상상조차 못했다. 완전 어이없다. 잘못하다가는 오해가 진실로 자리 잡게 될 것 같아 비교적 조용한 자습 시간에 아이들이 다 들을 수 있도록 공공연하게 홍모에게 따졌다.

"야! 주홍모, 너 다신 그딴 짓 하지 마!"

짜증을 듬뿍 실어서 나름 단호하게 따졌건만, 남자애들은 장난으로 받았다. 여기저기서 질 낮은 환호성이 들리기 시작했다.

"2! 등! 정하윤! 워~ 워~ 우~."

일단 음색이 저질이었다. 더러는 콧소리도 섞었으니까. 예기치 못한 반응에 당황스러워진 나는 얼굴을 붉히며 홍모를 째려봤다. 그러자 홍모가 천천히 내 자리로 와서는 뜻밖의 말을 했다.

"너 2등 했으니까 나한테 한턱내야 하는 거 아님?"

"헐!"

"뭔 헐? 좋으면서?"

여전히 이죽거리는 홍모. 난 장난을 하자는 게 아니었는데 내 말을 애교 섞인 앙탈 정도로 몰고 간다. 내 표정을 읽었을 텐데도 분위기를 자기 유리한 쪽으로 몰아간다. 심지어 홍모 옆에 있던 애가 속없이 거들기까지.

"왜? 하윤, 1등 하고 싶냐?"

급물살에 휩쓸려 이상한 방향으로 몸이 밀려가는 기분이다.

'이게 아닌데……'

숨이 꼴딱꼴딱 넘어갈 지경이 되어 주위를 둘러보니 여자애들의 표정이 안 좋다. 하긴, 얼핏 보기엔 홍모랑 내가 장난을 치는 것처럼 보일 테니까. 어떻게든 이 상황을 반전시켜야겠다는 생각에 자극적인 표현을 썼다.

"미친놈!"

난 평상시에 절대 욕을 하지 않는다. 고등학생이 되면서 세운 나만의 원칙이다. 중학생 때와 차별화된 내가 되고 싶었달까? 그래서 욕은 물론 은어나 속어, 줄임말까지도 가급적 쓰지 않으려고 애쓰고 있다. 덕분에 학교에서 '모범생 캐릭터'란 소리를 종종 듣는다. 물론 '진지충'이란 극단적인 표현도 듣지만.

그렇기에 지금 이 시점에서 욕을 하면 나의 진정 어린 분노가 읽히리라 생각했다. '쟤, 진짜 화났나 봐' 이렇게 받아들여지리라.

하지만 그건 착각이었고, 내 추측은 보기 좋게 빗나갔다. 그마저도 홍모는 장난으로 받았으니까.

"역시 잘 아는군. 내가 원래 미, 아름다움과 친한 놈이야."

그러곤 자기와 친한 몇몇 애들을 대동한 채 유유히 교실 밖으로 나갔다. 교실에 남은 거라곤 썰렁한 정적밖에 없었다. '고요하여 괴괴하다'라는 뜻의 정적이 내게 귓속말을 했다.

'조심해. 이건 그냥 정적이 아니야!'

아닌 게 아니라 모두 입을 닫고 고개를 숙이고 무언가에 열중하는 듯 보이지만, 속으로는 나를 향해 바글바글 욕을 쏘아 대는 것만 같다.

홍모에게 정상적인 의사 전달이 불가능하다는 사실을 깨달은 나는 더 이상 홍모와 말도 안 섞고 관심조차 끊기로 했다. 하지만 쉽지 않았다. 홍모가 계속해서 나를 자극했으니까. 안 그래도 여자아이들의 태도가 싸늘해져서 불편하기 짝이 없건만, 홍모는 나와 눈이 마주칠 때마다 손가락 총과 함께 윙크를 날렸다. 못 본 척무시하는 걸로 끝낼 수 없을 만큼 심하게 느끼하고 여파도 오래가는 윙크였다. 그렇다고 섣불리 대응하면 또 봉변을 당할 것 같아 입도 뻥긋 못 했다. 분해서 홍모에게 침이라도 뱉고 싶다는 욕구가 불쑥불쑥 솟구쳤다.

그러다 실제로 행동에 옮겼다. 나름 용의주도하게. 홍모 짝꿍의 책상 위에 걸터앉아서 발을 까닥이다 바닥에 떨어뜨린 실내화를 줍는 척하면서 홍모의 의자 위에 침을 뱉었다. 홍모 교복 바지에 묻은 희멀건 얼룩을 보면서 속으로 '아싸!'를 외치는 쾌감이란!

하지만 한두 번 하고 나니 이건 아니다 싶었다. 홍모 본인이 불편해해야 얼룩이 진정한 의미를 가지는 건데, 그 애의 뒷모습을 보고 나 혼자 키득거리는 감상용일 뿐이라면 무슨 의미가 있냔 말이다. 게다가 홍모가 흙바닥에 털썩 주저앉아서 아무렇지도 않게 놀고 있는 모습을 보자 내 침이 아깝다는 생각까지 들어서 침 뱉기를 관뒀다.

중간고사를 앞두고 다들 긴장된 분위기로 야자를 하고 있을 즈음, 나는 나 자신이 홍모의 움직임을 끊임없이 예의 주시 하고 있다는 사실을 깨달았다. 홍모가 교실 문을 들고 날 때마다 내 머릿속은 쓸데없이 분주하게 돌아갔다. 마치 짝사랑하는 남자애를 보면 본능적으로 눈이 가듯이 그 애를 감지하고 있다는 게 약 올라서 스스로에게 공식적으로 명령했다.

'신경 꺼!'

하지만 그럴 수 없었다. 홍모는 그 뒤로도 계속 반에서 문제를 일으켰다. 단순한 호기심이나 장난기 때문에 생겨나는 우발적인 사고면 그냥 애교로 넘어가겠는데 그게 아니었다. 나는 늘 그 속내를 읽을 수 있었다. 그 애가 벌이는 대부분의 일은 자신이 주목받기 위해 의도적이고도 계획적으로 일으키는 것인데, 문제는 항상 불특정 다수의 피해자가 생긴다는 거다. 얼마 전의 외모 순위 인기투표뿐 아니라 전학 온 아이를 상대로 한 몰래카메라 놀이,

사전 조작된 사다리 타기 등등이 그랬고 이번에 시작한 아바타 놀이도 마찬가지다.

홍모가 늘 반 분위기를 띄우는 일에 앞장서다 보니 다수의 생각 없는 아이들은 분위기 메이커라며 홍모를 지지한다. 그러나 사려 깊게 일의 앞뒤를 따질 줄 아는 애들이나 홍모가 친 사고의 피해 당사자들은 절대 그게 아니란 걸 안다. 하지만 후자는 소수이므로 홍모가 벌이는 일은 언제나 책임 소재가 불분명하게 묻혀 버렸다. 소수이거나 약자인 아이들은 문제를 공론화할 힘이 없으니까.

어쩌면 홍모는 그 사실까지도 다 알고 일을 벌이는 건지도 모른다. 실제로 일을 크게 키울 만한 아이를 상대로 장난을 친 적은 거의 없다. 그야말로 누울 자리를 보고 다리를 뻗는다. 그렇다면 이건 장난이 아니라 폭력이다. 피해자는 분명 존재하는데 가해자는 드러나지 않는, 교묘하게 은폐된 폭력. 가만히 두고만 볼 수는 없다는 결론이 섰다. 하지만 결론을 내렸다고 바로 행동으로 옮길 수 있는 건 아니라서 어영부영 시간만 보냈다.

그러다 진짜로 뭔가를 해야겠다고 결심한 계기가 생겼다. 우연히 책에서 북미 원주민들에 관한 글을 읽었다. 원래 북미 원주민들에게는 폭력이 의례적인 형태로만 존재했었단다. 그래서 서구의 초기 정복자들과 맞서 싸울 때도 창으로 어깨를 때리는 방식으로만 대응했단다. 그럼으로써 자기들이 창으로 찌를 수도 있지만 그러지 않았다는 사실을 입증했다고. 하지만 서구인들은 그들에게 총을 쏘는 것으로 대응했다. '그러므로 비폭력은 한쪽만 실천한다고 되는 일이 아니다'라고 책 말미에 쓰여 있었다.

무난하게 읽고 책을 덮었는데 갑자기 총 앞에서 창을 들고 천진난만한 표정을 짓고 있었을 북미 원주민들의 얼굴이 떠올랐다. 독수리 깃털로 된 관을 쓰고 얼굴엔 문신을 한 채 머리 위에 물음표를 띄우고 의아한 표정을 짓고 있는 원주민.

원주민들에 대한 연민이나 '폭력에는 폭력이 답이다'란 주제에 관심을 가진 게 아니다. 난 그들 안에 새롭게 싹트기 시작했을 폭력에 집중했다. 존재하지 않았던 폭력이 탄생하는 과정이랄까? 원주민들에게 있어 폭력은 일종의 작용 반작용의 법칙에 의해서 태어났다. 없던 게 무언가의 작용에 의해 비로소 생겼다. 과일 상자 안의 썩은 귤 하나가 옆에 있는 귤까지 썩게 만들 듯이 말이다.

그때 팝업 창이 숨 뜨듯 느닷없이 내 머릿속에 홍모의 얼굴이 떠올랐다. 그래! 장난을 빙자한 홍모의 폭력이 계속되어 피해자가 늘면 그 애들 안에 울분이 쌓이고, 그 울분은 결국 또 다른 폭력이란 자식을 탄생시킬지도 모른다는 생각이 들었다. 없던 게 생기는 것, 그것이 선순환이 아니라면 더 이상 생겨나지 못하도록 싹을 잘라내야 한다. 그러므로 홍모의 폭력을 막아야 한다. 비로소 명분이 분명하게 섰다. 하지만 홍모와는 말이 통하지 않으니 다른 방법을 찾아야 한다. 그래서 골똘히 궁리한 끝에 생각해

낸 게 '공 굴리기'다.

언젠가 체육 시간에 홍모가 어딘가에서 날아온 테니스공에 맞아 운동장 한가운데서 뒤로 자빠진 적이 있다. '퍽' 하는 상쾌한 소리와 동시에 들린 "악!" 하는 홍모의 비명 소리가 어찌나 컸던지, 반 아이들이 일제히 홍모를 바라봤다. 그때 난 몇몇 아이들의 얼굴에 '쌤통이다'란 표정이 잽싸게 그려졌다 사라지는 걸 분명히 봤다. 아마 내 얼굴에도 그 표정이 들어왔다 내뺐으리라.

홍모는 "누구야!"를 외치며 미친 듯이 주변을 둘러봤지만, 공을 던진 사람은 물론이고 어느 방향에서 날아왔는지조차 전혀 알 수 없었다. 워낙 순식간에 벌어진 일이었으니까.

이런저런 추측 끝에 아이들은 공이 옆 초등학교에서 날아왔을 거라고 서둘러 결론짓고 상황을 마무리했다. 그 말은 곧 그 공이 의도적으로 홍모를 맞추려고 던진 게 아니라는 이야기다. 그래야 상황이 빨리 정리될 테니까. 하지만 난 속으로 뇌까렸다.

'아닐걸?'

왜냐하면 그 공엔 '조심'이라고 파란 볼펜으로 꾹꾹 눌러쓴 글씨가 있었기 때문이다. 몇몇 애들은 성은 조 씨이고 이름이 심인 초딩을 찾아보자고 장난삼아 떠들었지만, 난 확신했다. 그 공은 언젠가 내가 뱉은 침과 같은 걸 거라고.

그래서 이번엔 내가 익명의 공을 굴리기로 했다. 홍모의 폭력을 막기 위해서이기도 했고, 나 자신이 비겁해지기 싫어서이기도 했다. 어느 책에서 읽은 구절, '누군가는 알고 있음에도 불구하고 침묵하면서 일이 계속 커졌다', 여기서 '누군가'의 역할을 내가 맡게 될까 봐서다.

그리고 공의 효과가 분명 있었다. 홍모는 공을 맞은 뒤 잠시 조신해졌다. 말로는 초딩이 던진 공에 재수 없게 맞았다며 아무것도 아닌 일로 치부했지만, 속으로는 약간 위축된 게 분명했다. 홍모가 그 테니스공을 계속 쥐고 다니면서 "걸리기만 해 봐"라며 조용히 읊조리는 걸 여러 번 봤다.

난 홍모에게 공을 굴려 깝치지 말라고 경고를 주고 싶었다. 다만 목표물을 향해 직접 공을 던지는 건 너무 위험하니까 도미노의 여파로 목표물이 쓰러지듯이, 발화점에 불만 붙이는 방식의 공 굴리기를 생각해 낸 거다. 그래서 일주일 뒤 홍모가 애지중지하는 자전거의 걸쇠를 풀었다. 단지 풀어만 놨을 뿐이다.

우리 학교 체육관 맞은편엔 제법 큰 자전거 보관소가 있다. 친환경 이동 수단이라며 학교에서 적극 장려한 덕분에 자전거로 등교하는 애들이 많아지더니 어느 순간 자전거 타기가 유행이 되었다. 하지만 유행은 거기에서 그치지 않았다. 자전거 타기는 자전거 자랑질로 발전해 아이들을 들쑤시기 시작했고, 급기야 이 몹쓸 유행이 학교 전체에 전염병처럼 번졌다.

전에는 주로 아웃도어나 운동화, 휴대전화 등으로 애들끼리 경쟁을 했는데, 자전거가 그 대열에 오르더니 결국 새 등골 브레이커로 자리 잡았다. 아닌 게 아니라 자전거는 가격이 만만찮아 부모님 등골을 제대로 부러뜨리기에 딱 알맞은 아이템이었다. 그냥 자전거이기만 해서는 절대 안 된다는 듯이 남자애들은 모이기만 하면 자기 자전거가 몇 인치, 몇 단이고, 소재는 뭐고, 하이브리드인지 아닌지부터 시작해서 국적 불명의 메이커 이름을 들먹이다가 라이트, 안장, 페달, 휠세트, 타이어 등등 자전거 용품 이야기까지 거품 물고 떠들어 대곤 했다.

유명 브랜드 자전거를 타고 오는 애들이 하나둘 생기기 시작했고, 학교는 자전거 보관소를 새로 만들어 줬다. 그래 봤자 굵은 쇠 파이프에 칸칸이 걸쇠를 걸 수 있는 고리를 설치해 놓고 그 위에 파란색 비가림용 천막만 지붕으로 얹어 놓은 게 끝이지만. 그래도 맞은편 체육관 건물에 달린 CCTV가 자전거 보관소의 구색을 충분히 살리고 있었다.

나 역시 자전거로 등교를 하기에 아침저녁으로 이 보관소에 들렀다. 그러다 보니 그곳에 남자애들이 모여 홍모의 자전거를 놓고 입씨름하는 장면을 종종 봤다. 홍모의 자전거는 남자애들에겐 선망의 대상인 메이커 제품이기 때문이다.

"야, 이거 개 비싼 거래."

"그럼 이게 그 피나렐로야?"

"미친놈! 그건 몇 천이다. 이게 엔진이 좋아서 평속 35로 달릴 수 있다고 홍모 놈이 떠벌리던데……."

"와! 이 휠세트 봐라. 장난 아닌데?"

"대박! 후미등도 브레이크 라이트 기능이 있는 건가 봐?"

"개 부럽다."

내가 보기엔 다른 자전거와 크게 다를 바 없어 보이건만, 남자 애들은 감탄사를 연발하곤 했다. 덕분에 홍모의 자전거는 나에게 확실하게 각인되어 목표물을 정확하게 조준할 수 있었다.

관찰해 본 바, 홍모는 수요일이면 학교 앞으로 오는 수학 학원 셔틀버스를 타기 때문에 그날은 자전거를 학교에서 재운다. 그래서 수요일 저녁, 일부러 교실에 늦게까지 남아 문제집을 풀다가 하교를 하면서 자연스럽게 홍모 자전거의 걸쇠를 풀 수 있었다.

비번만 알고 있으면 걸쇠를 여는 건 크게 어려운 일이 아니다. 다만 남의 자전거 걸쇠에 손을 대는 것 자체가 자연스러운 행동이 아니라, 나름 미리 작업을 해 놨다. 요즘은 남의 눈보다 CCTV가 더 무서우니 정확히는 그걸 의식한 거라고 할 수 있겠다.

수요일 아침, 일찍 등교해서 왼쪽 두 번째 칸에 내 자전거를 세워 두었다. 홍모가 항상 맨 왼쪽 첫 번째 칸에 자전거를 세워 놓는다는 걸 예의 주시 해서 익히 알고 있었기 때문이다. 그리고 홍모의 걸쇠와 똑같은 제품인 내 걸쇠를 자전거에 걸쳐만 두고 잠그지는 않았다.

그리고 저녁에 집에 가기 위해 자전거를 뺄 때, 잽싸게 자전거에 몸을 붙여 내 걸쇠를 가방에 넣고는 뒤이어 몸을 틀어 홍모 자전거 걸쇠의 번호 키를 천천히 맞춰 뺐다. 내 자전거와 거의 붙어 있어서 바로 옆에서 들여다보지 않는 한 아무도 내가 홍모 자전거의 걸쇠를 뺀다고 의심할 수 없으리라.

난 홍모의 걸쇠를 일부러 보란 듯이 손에 쥐고 내 자전거를 밀고 나와 CCTV 앞에 멈춰 서 있었다. 그러곤 자전거에 올라타기 직전에 앞 바구니에 걸쇠를 넣는 장면을 연출했다.

여기까지가 내가 짠 시나리오다. 뭐든 준비된 자세로 예정한 행동을 하는 건 크게 어려운 일이 아니다. CCTV를 공범자로 활용할 정도의 준비성이라면 더더욱 쉽다.

자전거를 타고 집으로 가면서 나를 향한 갈채 같은 바람을 느끼며 미소를 지었다. 아마도 내일 홍모는 자기 자전거의 걸쇠가 없는 걸 보고 간담이 서늘해질 것이다. CCTV가 있으니 자전거를 훔쳐 가는 간 큰 행동을 하는 애는 없을 테지만, 그래도 걸쇠가 없어졌다는 건 그 가능성을 예시하는 것이니 긴장하지 않을까? 테니스공으로 맞고 난 뒤처럼 말이다. 그러면 자전거로 유세 떠는 볼썽사나운 일도 더불어 줄어들 거다. 옐로카드가 연상될 만한 노란색 메모지까지 붙여 놨다면 금상첨화였겠지만, 이내 '과유불급'이란 사자성어를 떠올리고 서둘러 집으로 갔다.

그런데 다음 날 등교를 하니 예기치 못한 일이 벌어져 있었다. 교실 문을 여는 순간부터 이상한 기운이 감지되었다. 폭풍전야 같은 고요함이랄까? 수업 시작 전 교실은 늘 아수라장인데, 이상하리만치 조용했다. 괜히 위축되어 조용히 자리에 들어가 앉는데 어디선가 규칙적인 소음이 들려왔다. 둘러보니 홍모가 인섭의 의자를 발로 차고 있다.

툭. 툭툭. 툭툭툭. 툭툭툭툭.

홍모가 의도적인 발차기를 하고 있음에도 불구하고 인섭은 모른 척하고 책만 보고 있었다. 물론 보는 척만 하는 것이겠지만 말이다. 다들 홍모의 행동에 일언반구도 없는 걸 보니 내가 오기 전에 이미 풀린 스토리가 있었으리라. 자전거 걸쇠 때문에 저러나 싶어서 주눅이 든 채 고개를 숙이고 있었다.

그러기를 한참, 신경 거슬리는 소음이 점점 커지기 시작해 그만하라고 소리치고 싶어질 즈음에 인섭이 소리를 질렀다.

"아, 씨, 나 아니거든!"

"아니란 증거 대 봐!"

"씨바, 그럼 내가 맞다는 증거 대 봐!"

"네가 전에 내 자전거 타 보고 싶다고 해서 비번 줬잖아."

"너 비번 주에 한 번씩 바꾼다며."

"그니까, 새끼야. 넌 내가 비번 바꾼다는 것까지 알잖아."

맞다. 홍모는 비번을 일주일에 한 번씩 바꾼다. 하지만 그건 조금만 관심을 가지면 누구나 알 수 있다. 나도 아니까. 매주 월요일 날짜에 맞춰 바꾼다는 걸 홍모가 툭하면 떠들어 대서 그렇다.

"그걸 나만 아냐? 쌔빌 작정하면 그걸 모르겠냐?"

인섭은 분노 게이지가 상승했는지 목소리가 점점 커지다가 급기야 갈라지기까지 했다. 처음엔 자전거 걸쇠가 없어진 것으로 저 난리를 치나 싶었는데, 그게 아닌 것 같았다. 가슴이 콩닥거리기 시작했다.

'뭐? 자전거가 없어졌다고?'

전혀 예상치 못한 일이라 걸쇠를 푼 장본인인 나로선 황당하기 짝이 없었다.

반장이 참다못해 인섭을 거들었다.

"야, 주홍모, 그러지 말고 샘한테 가서 CCTV 까자 해."

그러자 기다렸다는 듯이 여기저기서 말이 쏟아져 나온다.

"간덩이가 붓지 않고서야 누가 대놓고 자전거를 훔치겠냐?"

"씨씨가 있는데 뭔 걱정? 다 찍혔을 텐데."

그러자 이번엔 인섭이 욕까지 넣어 악다구니를 쓴다.

"그래, 새꺄, 가서 봐. 보면 나올 거 아냐! 왜 나한테 지랄이야?"

홍모 앞에서 늘 주눅 들어 있던 평소의 인섭과는 사뭇 다른 모습이다. 사실 반에서 홍모의 자전거를 얻어 타 본 애들은 많다. 그럼에도 불구하고 홍모가 굳이 인섭을 콕 집어 다그치는 건 앞서 말했듯 누울 자리를 보고 다리를 뻗는 애라서 그렇다. 비교적 성격이 순한 인섭을 희생양으로 삼은 것이리라.

인섭을 족치는 데 실패한 홍모는 교탁 쪽으로 나가 앞에 서더니 아이들을 찬찬히 둘러보기 시작했다. 눈빛을 쏘아서 도둑을 잡아내는 초능력이라도 있다는 듯이 말이다. 난 눈을 어디 둬야 할지 몰라 고개만 계속 숙이고 있었다.

"일을 크게 만들지 않고 내 자전거를 찾고 싶다."

"어떻게?"

"너네 말대로 CCTV 보면 누군지 바로 알 수 있겠지만, 난 그냥 자전거만 찾고 싶다는 거지."

"오~, 휴머니스트?"

"야, 근데 딴 반 애 짓일 수도 있잖아."

"물론 그럴 수도 있겠지만, 일단은……."

"그래서 어쩌라구? 뭐, 손이라도 들라는 거야? 야! 가져간 놈 손들어 봐!"

"바보냐? 너 같으면 들겠냐?"

"그러게. 바로 손들 거 왜 가져가겠냐?"

"요새 대여 자전거가 널렸는데 뭐 하러 자전거를 쌔비냐?"

홍모의 말에 아이들이 아무 말이나 닥치는 대로 해 대서 시끄러웠다. 홍모가 교탁을 손바닥으로 치면서 힘주어 다그쳤다.

"야, 야! 시끄럽고! 어제 야자 끝까지 한 애 누구야?"

"난 아냐."

"너지?"

"아니거든. 나 집에 갈 때 교실에 두 명 남아 있었는데……. 아!

하윤, 너 아니냐?"

온몸이 사시나무 떨리듯 떨렸다. 홍모가 모든 사실을 알고 내 멱살을 잡기 위해 일부러 숨통을 조여 오는 것 같았다. 하지만 CCTV란 엄정한 증거가 있다는 생각에 침을 꿀꺽 삼키고 답했다. 정신이 혼미해질 지경이었으나 내가 자전거를 훔친 게 아니니 당당해져야 한다고 스스로에게 주입시키고 최대한 쿨하게.

"맞아. 왜?"

"너도 자전거 타고 다니지?"

"어."

"네 거 뺄 때 내 거 있었냐?"

"내가 네 거를 어케 알아?"

"왜 몰라? 내 건 눈에 확 튀는데."

이 와중에도 잘난 척이라니 아니꼽다.

"네 눈에 확 튀는 거랑 내 눈에 확 튀는 거랑 같겠냐? 보는 눈이 다른데?"

"눈이 달라도 좋은 건 보이거든? 그러니까 어떤 놈이 내 걸 째벼 간 거 아니겠냐?"

"잘났어. 무식하게 괜히 아무나 잡지 말고 CCTV 보셔."

그러자 홍모의 다그침에 짜증이 난 몇몇 애들이 내 말을 지지하고 나섰다. 주로 아침 자습에 열중하는 학구파들이다.

"야, 네 거 찾는데 왜 우리 시간까지 뺏고 난리야?"

"닥치고 CCTV나 봐."

"그러게. 뭐 하러 간단한 일을 복잡하게 하냐?"

하지만 홍모는 여전히 요지부동이다.

"씨씨 까서 망신당하기 전에 갖다 놔라."

'어라?'

이상하다는 생각이 들었다. 이건 홍모의 방식이 아니다. 홍모는 누군가가 망신당하는 걸 걱정하는 캐릭터가 전혀 아니다. 그리고 잃어버린 자전거만 찾으면 끝이라고 생각할 리도 없다. 물론 자전거도 찾아야겠지만, 자기 것에 감히 손을 댄 애를 어떻게든 잡아내서 욕이라도 쏟아부어야 직성이 풀릴 애다. 내가 여태 보아 온 바로는 그렇다. 홍모가 하룻밤 새 변한 게 아니라면 말이다. 그런데 자전거만 찾으면 된다는 말만 무한 반복하는 게 이상했다. 그리고 나만 그 점을 의아하게 생각한 게 아니란 사실을 바로 다음 날 생생하게 목격할 수 있었다.

아침에 등교하니 중앙 현관 게시판에 학교장 직인이 퍼렇게 찍힌 공고문이 붙어 있었다. 유감스럽게도 학교에서 도난 사건이 벌어졌으나 CCTV를 확인하기 전 학생을 계도하는 차원에서 자진 반납의 기회를 주겠다는 내용이었다. 신성한 학내에서 일어난 사고를 해결할 때는 처벌이 궁극적인 목표가 아니므로, 학생들에게 자정할 기회를 주는 것이 교육적으로 더 바람직하다는 결론을 내렸다는 변명까지 굳이 덧붙였다.

늘상 결과만 간략하게 적은 공고문만 보아 온 터라 아이들은 모두 의아해했다. 사실 '자정'이란 말조차 우리에겐 생소하기 짝이 없어서, 서로를 이해시키느라 게시판 앞이 왁자지껄했다.

"야, 자정이 뭐냐?"

"밤 아냐?"

"붕신! 자정, 스스로 깨끗해지는 거. 즉 만회할 기회를 준다는 거야."

"아! 그거? 자정 작용? 자연이 한다는 거?"

"한마디로 도로 갖다 놓으면 봐준다는 거네."

"와! 대박!"

하지만 이건 앞뒤가 안 맞는 글이다. 이 사건은 말 그대로 도둑질인데, 왜 이미 벌어진 일에 자정할 기회를 주겠다고 공표까지 하면서 자진 반납을 종용하는 건지 도무지 이해가 안 갔다.

아니나 다를까, 게시판을 보던 3학년 선배들이 한마디씩 하기 시작했다.

"오호라, 보관소 씨씨가 먹통인가 보네. 그러니 자정이니 뭐니 하는 거지. 아님 뭐 하러 이렇게 돌려치기를 하겠냐? 안 그냐? 학교가 그런 데야?"

"그러게. 우리를 바보로 아나?"

"잘못했으면 벌을 받아야지. 봐준다니 말이 돼?"

"눈 가리고 아웅 하면서 훔친 놈한테 '자전거 돌려줘' 하고 구걸하는 거지."

"맞아. 자정은 뭔 자정? 사정하는 글이네."

"근데 아마 자전거 갖다 놓으면 그때 잡아서 족칠걸? 아니냐?"

이제야 홍모의 행동이 이해가 갔다. 선배들 말대로 CCTV에 아무것도 찍히지 않았거나 CCTV가 먹통이거나 둘 중 하나이리라. 귀신이 훔쳐 간 게 아니라면 후자일 확률이 높다.

공고문은 자정은커녕 오히려 역효과를 냈다. 그걸 보고 너도나도 먹통 CCTV에 대해 떠들어 댔으니까. 결국 자전거 도둑에게 잡힐 염려가 없으니 안심하라고 학교가 알려 준 셈이다. 그 바람에 홍모만 얼굴이 팥죽색이 되었다. 그 비싼 자전거를 영원히 찾을 수 없을지도 모른단 상상만으로도 죽을 맛인지, 시종일관 우거지상을 하고 다녔다.

그런 홍모의 뒤통수에 대고 조용히 키득거리는 아이들을 보고 있자니 마음이 무거워졌다. 예전 같았으면 나 역시 '쌤통!' 하며 이 사건을 관찰자의 입장으로 편하게 볼 수 있었겠지만, 지금은 그럴 수가 없다. 걸쇠를 푼 사람은 바로 나니까. 내가 도둑질을 한 건 아니지만, 누군가의 도둑질을 도운 셈이 된 거다. 본의는 아니지만 말이다. 아니, 조금 더 확대 해석을 해 보면 어쩌면 내가 걸쇠를 풀어 놨기 때문에 누군가가 도둑질을 하게 된 걸지도 모른다. 견물생심이라고, 눈앞에 무방비로 놓여 있는 자전거를 보고 갑자기 유혹을 느꼈을지도 모른다. 그렇다면 난 도둑질을 장려한 사람이 된다. 이런 생각을 하고 있자니 마음이 젖은 솜 같은 죄책감으로 무거워졌다.

물론 나 역시 합리화를 할 줄 아는 애라 한편으론 잘된 일이라고도 생각했다. 어쩌면 이 일로 홍모가 정신을 차리게 될지도 모르니까. 어차피 난 홍모에게 공을 굴리고 싶어 했으니까. 내가 굴린 공을 누군가가 뒤이어 정확하게 조준해 굴려서 내가 하려 했던 응징을 완성한 걸지도 모른다는 그럴싸한 합리화도 해 봤다. 하지만 아무리 좋게 생각하려 해도 그 일의 끝이 도둑질이라 마음이 편치 않았다. 뭐가 됐든, 도둑질은 도둑질이다.

학교에서 자정할 기회를 충분히 주었지만, 모두의 예상대로 자전거를 가져다 놓은 아이는 없었다. 공고문대로라면 이제는 학교에서 CCTV를 확인해 범인을 잡아야 한다. 하지만 그럴 수 없을 것이다. 이를 알고 있음에도 불구하고 아이들은 빈정대듯이 일부러 샘들에게 물어보곤 했다.

"자정 기회 끝났는데 범인 왜 안 잡아요?"

홍모에게도 물었다.

"뭐냐? 씨씨 안 깐대?"

"너 자전거 안 찾아도 되는 거야?"

학교와 공범인 홍모가 대답할 리가 없다. 홍모가 얼굴만 붉히자 아이들은 홍모의 뒤에서 짓궂은 소리를 마구 해 댔다.

"대체 범인이 누군데 안 밝히는 거야?"

"혹시……, 알고 보니 교장 선생님?"

"홍모 동생 아냐?"

"왜?"

"가족 자작극이었던 거지. 동생이 '나도 좀 타 보자' 이러면서. 그니까 홍모가 찌그러져 있는 거지. 쟤가 가만히 있을 놈이냐?"

"그러네. 평소 같으면 지 자전거 찾겠다고 멋대로 가정 방문까지 할 놈인데."

"쌤통이야. 그동안 엄청 뻐기더니만."

그러곤 깔깔댔다.

이야기는 다른 쪽으로 퍼져 나가기도 했다.

"그니까 학교 CCTV가 다 먹통이었던 거네?"

"어쩐지……. 구려 보이더라."

"진작에 자전거를 쌔볐어야 하는 건데. 아! 아깝!"

"우리 기말고사 문제 털까?"

"가짜인 줄 좀만 더 빨리 알았더라면……."

허수아비에 속은 참새가 된 기분이 들어서일까? 물론 장난삼아 하는 소리겠지만, 아이들은 마치 자신들이 사실은 잠재적 범죄자였다는 양 말하기 시작했다. 그리고 억울하다는 목소리가 주류를 이루면서 부모님 세대에나 유행했을 "영구 없~다" 억양으로 "씨

씨 없~다"라고 말하는 게 유행이 되었다. 일명 '씨씨 없~다 놀이'
가 시작된 것이다. 평상시에 CCTV를 전혀 의식하지 않았던 아
이들조차 갑자기 자기들의 일거수일투족이 CCTV의 존재 여부
에 따라 달라야 하는 것처럼 말하고 행동했다.

예를 들면 이런 식이다. 얼마 전에 축구를 하다 다쳐서 다리에
깁스를 한 윤철의 가방을 어떤 애가 들어 주다가 누군가가 "씨씨
없~다"라고 말하면, 갑자기 가방을 책상 위에 패대기치고는 다
같이 웃는다. 심지어 수업 시간에 쪽지 시험을 보는 도중에도 선
생님이 잠깐 교실 밖으로 나갔을 때 누군가가 "씨씨 없~다"라고
외치면 다들 실제로 커닝을 하거나 하는 시늉이라도 하면서 낄낄
거리곤 했다.

아이들이 그 놀이를 하면서 웃고 키득대도 난 웃을 수가 없었
다. 왠지 저 놀이의 시작에 내가 있다는 죄책감이 들어서다. 세상
의 모든 일은 흔적을 남긴다. 그러니 저 놀이도 놀이로만 끝나지
는 않을 것이다. 북미 원주민의 마음속에 폭력이 싹텄듯이, 내가
푼 걸쇠로 인해 아이들의 마음속에 이상한 잣대가 하나 생기게
된 건 아닐까? 그리고 홍모의 자전거를 훔친 누군가가 완전 범죄
에 쾌재를 부르며 또 다른 도둑질을 계획하진 않을까?

내 행동이 엄청난 상황을 불러일으켰다고 생각하니 무서워졌
다. 심지어 어제는 꿈에 자전거 도둑이 나와 내 손을 잡고 우리는
공범이라며 강제로 악수를 하거나, 자전거를 훔친 건 너라며 내

게 삿대질을 했다.

　내가 굴린 공이 방향을 이상하게 틀긴 했지만, 그럼에도 불구하고 누군가는 정의의 공을 굴려야 한다는 생각에는 변함이 없다. 하지만 폭력의 탄생을 막겠다고 도둑의 탄생을 방조한 셈이 되었으니……. 어쩌면 이 생각도 나의 사적인 분노를 해소하기 위해 파괴적인 행동을 합리화하는 게 아닐까? 잘 모르겠다. 이걸 누구한테 물어봐야 하는 건지도 모르겠다.

싫고 싫어서 싫은데 어쩌지?

내 식대로 빛날 권리:

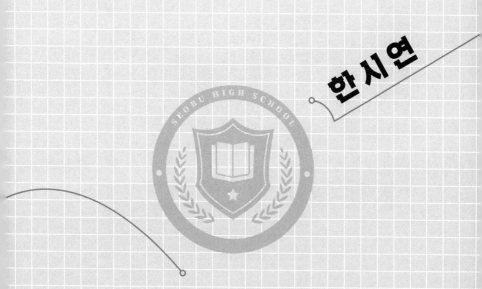

한시연

사람은 감정의 동물이다. 그렇게 배워서 하는 말이 아니라, 정말, 정말 그렇다고 느낀다. 언제 제일 뼈아프게 느끼냐면, 바로 이럴 때다.

'웹툰 두 화 정도만 보고 들어가서 공부해야지' 하고 속으로 나름 계획을 짜고 소파에 앉아 우아하게 휴대전화를 스크롤 하고 있는데 "야! 너 공부 안 해?"라는 짜증 섞인 엄마의 말을 들으면 그 순간, 공부가 완전 하기 싫어진다. 그래도 간신히 마음을 다잡고 "이제 할 거야"라고 하면, 엄마는 꼭 "에휴, 그놈의 '할 거야' 소리는 내가 십 년째 듣는다"라고 한다. 이렇게까지 초를 치고 비아냥거리면 그때는 공부뿐 아니라 학생이길 포기하고 싶을 정도로 기분이 진짜 더러워진다.

"아! 짜증 나!"

"한시연! 공부를 엄마 좋자고 하라는 거야? 어?"

엄마의 말꼬리가 높아진다. 이쯤 되면 피하는 게 상책이다.

나도 안다, 내 공부라는 거. 하지만 이렇게 사사건건 다그치면 자연스럽게 자기 비하를 하게 된다. '아자! 잘해 봐야지' 이런 희망적인 생각은커녕 '내가 그렇지 뭐!' 하고 체념하게 되면서 다 집어치우고 싶어진다. 초딩 육 년, 중딩 삼 년, 고딩 일 년이라는 긴 세월 동안 받은 성적표가 일제히 오점이 되면서 순식간에 스스로를 루저로 못 박게 되는 것이다(어떤 성적표도 엄마를 만족시킨 적이 없었으니 결과적으로 내 성적표는 늘 함량 미달이다). 세상도 오로지 성적으로만 나의 가치를 평가하니, 내 존재에 오점이 묻어 기분이 더러워진다는 표현이 더없이 딱! 맞다.

이렇듯, 아무리 좋고 그럴싸하고 가치 있고 심지어 의미까지 있는 일이라도 해도 그것을 하고자 하는 사람의 감정이 상하면 절대 하기 싫어지는 법이다. 아니, 어쩌면 사람을 움직이는 제일 큰 원동력은 감정일지도 모른다. 좀 더 오버하자면 인간의 본능조차도 감정의 영향을 받는다고 생각한다. 내 경험상, 기분이 나쁘면 식욕도 싹 사라진다.

그렇다고 내가 무조건 감정이 최고라고 생각하는 건 아니다. 나는 나 자신이 극히 이성적이고 사리 분별 잘하는 사회화된 인간이라고 자부한다. 누구(학생 주임)처럼 발끈하면 앞뒤를 못 가리거나, 누구(5번 황지수)처럼 오지랖 넓게 여기저기 온갖 참견을 한다거나, 누구(14번 김여경)처럼 좋아하는 남자애가 지나간다고 자기 감정 주체 못 하고 주책맞게 구는 스타일이 아니다. 오히려 그런 타입들은 딱 질색이다. 이들과 달리 나의 감정은 이성으로 잘 헹궈졌거나 잘 정제된 고품격 감정이므로 존중받아야 한다고 생각한다. 이토록 길게 설명했는데도 내 말이 이해가 안 간다면, 그냥 간단하게 '내 감정을 건드리지 말라' 정도로 이해하면 되겠다.

서론이 이렇게 긴 이유는 순전히 정하윤 때문이다. 언젠가부터, 아니, 최근 들어 하윤을 생각하면 스트레스가 쌓여서 미칠 것만 같다. 누군가가 하윤과 나를 잇는 선을 0.5밀리미터짜리 로트링 펜으로 마구 엉키게 그어 놓은 것 같다. 도저히 그 엉킨 부분을 풀어 낼 실마리를 찾을 길이 없다. 그야말로 복잡미묘한 감정이 내 안에 가득 차, 어떻게 설명해야 할지 모르겠다. 결국 이렇게 뒷담을 하는 수밖에 없는 지경에 다다랐다.

사실 나와 정하윤은 완전 절친이다. 우리 둘 다 서로 절친이라고 공공연하게 떠들고 다니고, 애들도 다 그렇게 알고 있다. 심지어 샘들도 하윤을 찾을 때 내게 "네 짝꿍은?" 하고 묻는다.

그럴밖에. 우린 초등학생 때부터 알아 온 오래된 친구다. 과외도 같이 했고 방학 때 사설 영어 캠프도 같이 갔고. 중학교는 다른 곳을 다녔지만 그동안에도 학원 정보를 공유하며 지낸 사이다. 게다가 하윤이네 엄마랑 우리 엄마도 우리가 초딩일 때 녹색 어머니회에서 만난 뒤로 계속 친구로 지낸다(어른들도 우리와 크게 다르지 않은 건지, 어떨 땐 죽고 못 사는 것 같다가도 어떨 땐 하윤이네 엄마 이야기를 할 때 엄마 입이 저절로 씰그러진다. 그래서 솔직히 어느 정도 친한 건지는 잘 모르겠다).

그런데 요즘 들어 하윤이 내 감정을 자꾸 건드린다. 내 감정의 영토에 허락도 안 받고 불쑥불쑥 침범해서 분탕질을 친달까? 어쩌면 오래전부터 그래 왔는데 최근에야 내가 새삼 더 크게 느끼는 건지도 모르겠다. 내 인내심이 바닥난 걸 수도 있고.

아무튼 걸핏하면 기분을 상하게 하는 하윤 때문에 힘이 든다. '딴지 공주'란 별명이 괜히 붙은 게 아니다. 내 생각엔 지난 학기에 반 2등을 했고(그래 봤자 꼴랑 반에서 2등인 주제에), 얼마 전에 남자애들이 한 인기투표인지 외모 투표인지에서도 2등을 한 뒤로 잘난 척이 더 심해진 거 같다. 정확히는 '난 2등이니 여러모로 내가 너보다 위다'라는 마인드를 갖게 된 것 같다. 정말이지 매사에 토를 달고 초를 친다. 거기에 무슨 말을 해도 늘 자기가 한 계단 위에 서 있다는 투의 평가질 멘트까지 날릴 땐 악! 소리가 절로 난다. 예를 들면 이런 식이다.

"시연, 너 왜 이렇게 기운이 없어?"

"아, 주말에 다이어트를 했더니…….."

"그딴 데 에너지를 써? 넘 소모적이지 않니?"

"소모? 뭔 모?"

"아니, 외모에 목숨 거는 거 쫌 쪽팔리잖아."

"목숨까진 안 걸었고 걍 굶은 건데?"

"굶는 거, 그거 백퍼 요요 와."

또 이럴 때도 있다.

"골목에서 까만 길고양이가 나 좋다고 꼬리를 막 좌우로 흔들면서 야옹야옹 그러는데, 앙! 넘 예뻐서 소시지를 준비했지. 만나면 주려고."

"그거 너 좋다는 거 아닌데? 고양이들은 강아지랑 달라. 고양이가 꼬리를 좌우로 흔드는 건 불안함이나 갈등의 표현이야!"

"설마! 암튼 좋다는 거였어."

"좌우는 불안하다는 뜻이라니까?"

"야! 지금 초점이 그게 아니잖아. 그리고 내가 이 나이에 좋다 싫다도 못 알아먹을까?"

"팩트는 그래. 근데 설마 너, 무책임한 애정만 투척하는 캣맘이 되려는 건 아니겠지?"

지식 자랑에 무자비한 팩트 폭격. 재수 없다. 아니, 고양이한테 간식 한 번 주는데 애정 투척은 뭔 투척? 고급 어휘 남발하면서 우월감 느끼려는 태도도 완전 거슬린다.

지지난 주에도 그랬다. 학교 근처에서 아이돌 촬영이 있다길래 구경을 갔고, 다녀와서 하윤에게 호들갑을 떨었다.

"애들이 떼로 몰려가서 완전 난리였어. 지하철 입구 계단에서 하마터면 사고 날 뻔했다니까. 근데, 와~ 진짜 개 잘생겼더라. 뒤통수에 후광이 쩔어서 눈 머는 줄? 대체 연예인들은 왜 다들 빛이 날까?"

"헐, 너도 갔다고?"

"어."

"레밍 떼에 합류했구만."

처음엔 레밍이 팬클럽 이름인가 했다.

"레밍? 그게 뭐야?"

"나그네쥐 레밍 몰라? 떼로 이동하는 습성이 있어서 우두머리가 벼랑으로 떨어지면 다 따라 뛰어내려서 집단 사망을 하지. '레밍 신드롬'이란 말도 있잖아. 맹목적인 집단적 편승 효과란 뜻."

"엥? 뭐냐. 너 너무 나간다. 뭘 그렇게까지 말하니?"

"아이돌 우르르 따라다니는 애들 보면 진짜 그렇게 보여. 무뇌아처럼. 중딩도 아닌데."

내가 팬클럽에 가입한 것도 아니고 학교 앞에서 촬영을 한다길래 잠시 따라가서 구경 쫌 했기로서니 꼭 저렇게 재. 수. 없. 게. 분석과 비유를 해야만 하는 걸까?

그래 놓고 미안은 한지 갑자기 이런다.

"한시연, 네가 무뇌아란 소리는 아니야. 오해는 마!"

정정 발언에 간신히 마음을 풀었지만 딱 삼십 분 뒤, 하윤은 또다시 기분 잡치는 소리를 했다. 동아리 단체 사진에 내가 너무 이상하게 나와서 툴툴대는데 거기다 일침을 호되게 놓은 거다.

"야! 뭐가 이상해? 제대로 나왔는데."

언성까지 높여 가며 너~무 정색을 해서 민망했다. 나 진짜 구리게 나왔는데…….

"걔 어이없네."

"뭐가? 딱! 너처럼 나왔어."

"네 눈엔 내가 이렇게 보이나 보네?"

"어. 너 이렇게 생겼어."

표정 하나 안 바꾸고 꼭 집어 말한다. 그래, 좋다 이거야! 자기 눈에는 그렇게 보인다고 치자. 근데 얜 빈말이란 것도 모르나? 팩트가 뭐가 그렇게 중요해? 친구 마음 읽어 줄 줄도 모르면서. 완전 유연성 제로다.

항상 이런 식으로 내 감정을 마구잡이로 건드려 놓는 바람에 요새 난 하윤이 하는 말에 다 삐딱선을 타게 된다. 걔가 "아!" 하면 "어!" 하고 싶고, "어!" 하면 "아!" 하고 싶어진다. 걔의 모든 생각에 동의하고 싶지 않을 뿐 아니라, 더 나아가 토도 달고 초도 치고 싶어진다. 홧김에 비이성적으로 굴겠다는 게 아니다. 걔도 당해 봐야 알 거란 생각에서다. 그래, 역지사지를 배우려면 하윤도 당해 봐야 한다.

그래서 어제도 거짓말을 했다. 애들이 하지 않은 말을 한 것처럼 하윤에게 전했다. 하지만 엄밀히 따지면 하윤이 분위기 파악을 너무 못 해서 제발 정신 좀 차리라는 차원에서 한 소리지, 오로지 삐딱선을 타고 싶어서 한 말은 아니다. 크게 보면 내 행동의 동기는 선의다. 보통 이런 건 하얀 거짓말이라고 하지 않나?

하윤이 분개를 하면서 주홍모가 인기투표를 주최한 걸 굳이 샘한테 일러야겠다고 아침부터 나를 잡아끈 게 시작이었다.

"시연아, 교무실 같이 가자."

난 솔직히 좀 그랬다. 뭐랄까, 약간 가증스럽다고 할까?

"하윤, 걍 놔둬. 애들 장난인데 뭘 꼰지르냐?"

"그게 장난으로 보여?"

"장난이 아님 뭐, 논문이라도 쓴 걸로 보이니?"

"이건 도덕적 해이야."

해이가 뭐냐고 물으면 또 일장 연설이 시작되겠지? 넌 그것도 모르냐면서 통박부터 줄 거다. 그래서 책상 아래서 잽싸게 폰으로 '해이'를 검색해 봤다.

해이: 긴장이나 규율 따위가 풀려서 마음이 느슨함.

이렇게 적혀 있었다. 그러니까 도덕적으로 문제가 있는 행동이란 소리겠지.

"뭘 그렇게까지 확대 해석을?"

"뭐든 별것 아닌 거에서 시작하는 거거든? 초반에 막아야지. 구멍 뚫린 둑에 팔을 넣어서 나라를 구했다는 이야기 몰라?"

"아! 네덜란드 소년? 그거 동화래. 울 엄마가 패키지여행 가서 동상 봤는데, 가이드가 그거 팩트 아니라고 했다더라."

"헐, 넌 비유도 모르니?"

자기는 맨날 초점 흐리면서 내가 봉창 한 번 두드리면 꼭 저런 식이다.

"너 '워워' 하란 차원에서 해 본 농담!"

이렇게 그냥 넘겼는데, 점심시간에 인기투표 결과 때문에 미수가 울었다면서 "홍모 이 자식 가만두면 안 돼"라며 또 핏대를 세우기에 거짓말을 했다.

"정하윤, 고마해라."

"뭘?"

"반 여자애들이 너 씹는 거 몰라?"

"날? 왜?"

"하윤이 네가 잘난 척을 하고 싶어서 일부러 문제를 키운다는 거지."

"문제를 키운다니?"

"그 결과를 널리 널리 알리고 싶어서…… 그게 아니라면 대체 네가 왜 그러겠냐면서……."

'그렇잖아. 너 2위잖아? 2위가 왜 난리? 솔직히 네가 왜 2위인지 이해는 안 가지만…….'

이 말은 뱉지 않았다. 속으로는 이미 여러 번 되씹은 말이지만.

"뭐? 말도 안 돼. 한시연, 넌 화 안 나? 남자애들이 뒤에서 키득 거리면서……."

솔직히 나도 홍모가 한 짓이 괘씸한 건 사실이다. 일단, 내가 11위란 것부터 기분 나쁘다. 그래서 그 해프닝을 되도록 빨리 머릿속에서 털어 내고 싶은데, 하윤이 자꾸자꾸 상기시킨다. 미수나 희정도 나와 비슷한 생각일 거다. 그런데 그걸 또 샘한테 꼰질러서 문제 삼자고? 얼척 없다. 하윤의 의도가 불순하다는 합리적 의심이 든다.

남자애들뿐 아니라 여자애들도 그 정도 순위는 종종 매긴다. 눈, 코, 입, 키 등등 부위별로 분석하고 성격 뒷담도 하면서 은연중에 남자애들의 서열을 정하곤 한다. 물론 걔들처럼 대놓고 투표 따위는 안 하지만 말이다.

이런 건 그냥 대화 소재이자 놀이의 한 종류다. 자기가 좋아하는 아이돌이 최고라고 우기고, 더러는 그걸로 유치한 쌈박질을 하는 것처럼 말이다. 이성에게 호기심을 가질 나이니까 관심 표현을 그런 식으로 하는 거라고 생각한다. 게다가 우리는 샘들을 상대로 호감도 순위를 정하기도 하고, 웹툰 캐릭터들의 외모 순위를 매겨서 그래프로 그린 적도 있다.

그리고 외모 순위는 어찌 보면 취향의 문제일 뿐이다. 전 세계 사람들이 다 다르게 생겼듯이 각자의 취향도 다르니까 말이다. 중세 미인과 현대 미인의 기준이 다르듯, 이쁘다는 것도 극히 상대적인 개념이니까. 결국 일종의 인기투표일 뿐인데 그게 뭐 그리 욕 들어 먹을 일이란 건지? 잘 이해가 안 간다.

물론 단톡방에서 공공연하게 투표하고 그걸 공지한 건 오버다. 당한 애들 입장에선 기분이 나쁠 수밖에 없다. 모두가 상위권에 들 수는 없고, 또 상위권 몇몇을 빼곤 다 결과가 억울하다고 생각할 테니까. 나만 해도 '하윤이 왜 2위? 신미수도 꼴찌 할 정도는 아닌데 왜? 꼴찌는 희정 아닌가?' 이런 생각을 했다.

이렇게 사람마다 기준이 다르니 그 순위가 절대적인 것도 아니다. 노래방 기계가 뱉어 내는 점수처럼 정확성도 객관적인 근거도 없는 제멋대로의 순위인데 뭘? 게다가 어차피 익명 투표였고, 그 결과를 감수하는 건 잠깐이다. 그 순위대로 대학을 갈 것도 아니고, 그 순위를 개개인에게 참고하라고 강요하거나 낮은 순위의 애를 왕따시키는 것도 아니다. 그냥 한 귀로 듣고 한 귀로 흘리고 말 일이다. 내버려두면 알아서 수그러들 일을 '긁어 부스럼'이란 말처럼 왜 꼬투리를 잡아서 부스럼을 만들고 오히려 널리 널리 알리려고 하는 건지 당최 이해가 안 간다.

선생님한테 일러바치는 건 초딩 때 졸업해야 하는 거 아닌가? 내 경험상, 샘들은 시시비비를 가리기 위해 전후좌우 맥락 없이 팩트를 모은다. 요즘엔 별것도 아닌 일에 부모님들이 마구잡이로 개입하니 샘들 입장에선 아주 예민한 문제이기 때문이다. 그러다 보니 그 과정에서 본의 아니게 피해자가 생긴다. 늘 공부를 못하거나 말썽을 피운 전력이 있는 애들 먼저 싸잡아서 추궁하고 혼을 내니까. 그래서 결론은 항상 해피하지 않다.

또 일러바치면 그 사실을 몰랐던 아이들과 다른 학년 샘들도 다 알게 되고, 소문이 무성하게 떠돌다 결국 벌점 항목만 늘어날 것이다. 게다가 전교생이 알면 그 여파는 길어지게 된다. 만약 부모님들까지 알게 된다면? 단톡방 내용이 SNS로 번지다가 급기야 언론까지 퍼지고, 입 가진 사람들은 그걸 보고 다들 한마디씩 할 테고……. 상상만으로도 아찔하다. '빈대 잡으려다 초가삼간 태운다'란 속담이 있던데 그 모양새가 될 게 뻔하다. 이런 사실을 하윤이 모를 리 없건만, 정말 뭔 심보인지.

애들이 하윤의 뒷담을 했다는 건 엄밀하게 말하면 완전 거짓말은 아니다. 몇몇 애들이 실제로 그랬으니까. 희정은 입을 씰룩이면서 "지가 2등 한 게 좋은가 보네"라고 했고, 미수도 "습관성 오지랖"이라고 했다. 그리고 집에서 내가 이 일을 들먹이며 투덜대니까 엄마가 그랬다.

"그래서 때리는 시어머니보다 말리는 시누이가 더 얄밉다는 말이 있는 거야."

엄마 말대로라면 결국 남자애들이나 하윤이나 같은 편이란 소리다. 시누이 같은 정하윤. 만약 하윤이 꼴등을 했다면 저렇게 앞장서서 일을 크게 만들자고는 안 할 테지(창피해서라도 안 그럴지도?). 우리 반 연예인 지망생 손지희는 맨날 남자애들이 사귀자며

귀찮게 한다고 투덜대지만, 사실은 투덜거림을 빙자한 자랑질이라는 걸 우리는 다 안다. 하윤의 행동은 그것과 크게 다르지 않다. 그래서 내가 대표로 말리는 거다.

"긍까 그냥 넘어가."

"난 정의 구현 차원에서 말하자는 거야. 쟤들 놔두면 계속 저럴걸?"

하윤은 정의 구현이란 표현을 썼지만, 과연 그럴까? 그거야 명분일 뿐이지. 솔직히 선동하는 사람이 자기가 든 깃발에 '사리사욕'이라고 쓴 건 한 번도 못 봤다. 누구나 명분은 그럴싸하게 내건다. 바보가 아닌 이상.

"에이, 설마 뭘 또 하겠어?"

"일단 주홍모는 끊임없이 분란을 일으키잖아."

"걔 원래 꾸러기 캐릭터잖아."

"노노! 주변에 피해 주는 건 꾸러기가 아냐. 옳지 않아!"

이런 걸 '내로남불'이라고 하지 않던가? 솔직히 주변에 피해를 주는 걸로 따지면 정하윤도 만만찮다. 꼭 수업 시간에 어려운 질문을 해서 진도도 못 나가게 하고(특히 토론 시간에 관점 차이나 입장 차이 같은 말로 따지기 시작하면 샘들도 당황하는 게 보인다) 분위기도 완전 조져 놓는다. 질문하는 것 자체가 나쁘다는 말이 아니다. 하지만 형이상학적인 질문? 그딴 건 자제해야 한다. 정하윤이 질문을 하면 그 순간 담요를 꺼내 잘 준비를 하거나 아예 바로 엎어져

자는 애들이 있을 정도니 말이다.

　주홍모가 수업을 방해하는 건 사실이다. 샘들 말꼬리를 잡는다든가, 영상 지원이 되는 수준의 리얼한 성대모사를 한다든가, 혹은 특이한 혼잣말을 해서 주변 애들을 빵 터지게 한다.

　하지만 홍모는 적어도 누구처럼 졸리게 하지는 않는다. 공부를 손해 보게 만드는 대신 재미로 보상을 해 준다고나 할까? 그러니 공리주의적 관점에서 볼 때 주홍모의 수업 방해는 그다지 해롭지 않다. 그러나 정하윤의 진지충스런 질문은 빼박 민폐다. 그런 건 쉬는 시간에 따로 나가서 해야 한다. 왜? 오로지 자기만족을 위한 질문이므로.

　물론 하윤이 하는 이야기 중엔 듣도 보도 못한 신지식도 있고, 정말 유용한 정보도 많고, 더러는 '유레카!'라는 말이 터질 정도로 놀라울 때도 있다. 진짜 똑똑한 애란 생각과 함께 부러운 마음이 들기도 한다.

　하지만 그 똑똑함이 인류 전체를 위해 쓰인다면 유용하겠지만, 누군가의 감정을 마구 해치면서 무조건 '나를 따르라'라는 식의 아집을 부리는 데 쓰인다면 그건 옳지 않다고 본다. 인류의 역사는 똑똑한 몇몇 사람들에 의해 꾸려진 게 아니라 남들과 더불어 잘 사는 소박하고 평범한 사람들에 의해서 여기까지 굴러온 거란 글귀를 어딘가에서 본 기억도 난다. 더불어 잘 살려면 내 생각만 고집하지 말고 남도 인정해 줘야 한다. 너만 잘났냐? 나도 잘났다, 이거다.

아무튼, 난 하윤에게 반대하기 위해 홍모 편을 살짝 들어 봤다.

"주홍모가 장난은 심해도 나름 재미는 있잖아."

"재미? 다 같이 재밌어야 재미지. 걔가 친 장난에 골탕 먹는 애들은? 걔들도 재미있을까? 홍모의 타깃이 너라면, 넌 좋겠니?"

나도 주홍모를 좋아하지는 않는다. 돈 자랑을 많이 하는 애라 재수 없긴 하다. 주로 명품 운동화나 지갑, 자전거 같은 걸로 애들을 현혹하는데, 웃긴 건 애들이 부러워하는 거 뻔히 알면서도 "이깟 게 뭐라고"라며 허세까지 부린다. 그럴 땐 구역질이 난다. 그리고 편의점에서 인심 써서 애들을 몰고 다니고, 그중 몇몇은 아예 자기 전용 셔틀처럼 부리는 게 완전 거슬린다(소문에 의하면 월급을 준다는 썰도 있다).

그래서 주홍모를 감쌀 생각은 추호도 없었는데, 하윤이 자꾸 씹어 대는 통에 나도 모르게 홍모의 장점을 뒤적거리게 되고 마는 것이다. 내가 오죽하면 이럴까 싶다.

주홍모의 장점을 굳이 찾자면, 분위기 메이커라는 점? 전에는 싸움이나 공부 잘하는 애, 잘생긴 애 들이 인기가 있었고 리더가 됐지만 요샌 다르다. 상황을 잘 파악하고 타이밍까지 맞춰서 분위기를 좌지우지할 수 있는 애가 인기다. 그런 의미에서는 항상 반에 이벤트를 만들어 주는 주홍모가 능력자다. 홍모의 행동을 놀이 삼아 즐기면서 은연중에 우리 반 애들이 단합되는 부분도 분명 있다.

물론 하윤의 말처럼 골탕 먹는 애 또한 분명 있지만, 다 같이 사는 세상에서 모두가 해피할 수는 없다고 본다. 홍모가 작정을 하고 누군가를 왕따시키거나 애들을 패고 다니는 건 아니니까, 범죄자 수준으로 몰고 갈 필요는 없어 보인다.

어쩌면 그 점에선 하윤이 더 문제가 있는 게 아닐까 싶기도 하다. 다시 말해 정하윤은 공격하기를 즐기는 쌈닭 캐릭터일지도 모른다. 키보드 위의 개처럼 자기 눈에 거슬리는 애들을 공격하는. 그게 정의라고 자신에게 명분을 주면서 말이다.

포털 뉴스를 봐도 그렇고 맨날 쌈박질만 한다는 정치인들도 그렇고, 물고 뜯고 싸우면서 뭔가 더 좋아지는 경우는 한 번도 못 봤다. 꼬꼬무처럼 피곤한 시간만 길어진다. 게다가 그렇게나 홍모의 행동이 못마땅하다면 대놓고 따지든지 해야지, 샘들에게 꼰지르는 건 정말, 정말 아니라고 본다.

"아니…… 그게 아니라……."

"그럼 뭐? 넌 여자애들 외모 품평한 게 옳은 일이라고 생각해? 여자가 상품이야?"

"옳다고는 안 했어. 하지만 그걸 샘한테 말하는 건 좋은 방법이 아닌 거 같아."

"이것도 아니고 저것도 아니고. 야, 네 일 아니라고 방관하면서 재미있음 됐다고 낄낄거리며 엄벙덤벙 넘기면 결국 세상이 아작

나. 넌 나중에 네 딸이 그런 세상에서 살면 좋겠니?"

진짜 오버 쩐다. 자기 말이 맞는단 얘길 하려고 사건을 확대 해석하더니 이제는 인신공격까지? 너무 열받아 소리를 질렀다.

"야! 닥쳐!"

하지만 하윤은 흥분해서 기어이 선을 넘었다.

"네 딸이 '엄마, 남자애들이 나 외모 순위 11등이래' 이러면서 찔찔 짜면 좋겠어?"

"그만하지? 그래, 나 11등이야. 넌 돌고 돌아 결국 그 얘길 하고팠던 거니? 있지도 않은 내 딸까지 들먹이면서? 거창하게 세상 걱정하지 말고 네 앞에 있는 사람 존중하는 법부터 배워! 진짜 열받네."

누군가의 행동이 이해가 가지 않는다고 몰아세우는 건 사실 그 사람을 이해하고 싶은 마음이 없기 때문이라더니……. 역시 하윤은 나에 대한 애정이 전혀 없는 게 분명하다. 그리고 어쩌면 나도 그럴지도.

정말 화가 나서 절교를 하고 싶을 정도였는데 하윤은 차분하게 색다른 해석을 했다. 이 해석 또한 절묘하게 내 약을 올렸다.

"한시연, 넌 지금 나한테 화난 게 아니야. 11등을 한 게 화가 나는 거야. 지들이 뭔데 사람한테 등수를 매겨? 가만두면 안 돼!"

"아니야."

"뭐가 아니야?"

"분명히 말하는데, 난 너한테 화난 거야."

"아닐걸?"

"내가 맞는다는데? 네가 내 머릿속에 들어와 봤어?"

"다 알아. 뻔하잖아."

"뭐가 뻔해?"

"방어 기제인 거지."

"놀고 있네."

정하윤, 진짜 진짜 욕을 부르는 애다. 뭐든 다 전지적 자기 시점으로, 자기 생각이 다 맞는다는 이상한 신념을 가진 오만한 애! 내 안에서 나는 화마저도 자기 맘대로 해석하다니. 내가 이래서 감정 타령을 하는 거다. 좋은 얘길 백날 하면 뭐 하냐? 남의 속 다 뒤집어 놓고 네 말이 지금 내 귀에 들어오길 바라냐?

"야! 그만하자."

더 이상 하윤과 말도 섞기 싫다. 그야말로 정나미가 뚝! 떨어진 그 타이밍에 하윤이 말했다.

"맥날 가자!"

"됐거든!"

"저녁 먹고 스카 가자. 그깟 애 하나 때문에 왜 우리가 귀한 시간을 죽여? 완전 아깝다. 야, 얼른 나와!"

됐다는데도, 열받았다는데도 그게 뭐가 대수냐며 자기가 정한 일정대로 내 가방까지 들고 나가는 하윤. 어이없어 하며 그 애의 뒷모습을 바라보고 서 있자니 이상하게도 이 상황이 전혀 낯설지 않다. 뭐지? 기시감 같기도 한 이 익숙함은? 그때 느닷없이 내 머리를 치는 생각.

'엄마다!'

자신은 뭐든지 다 안다는 말투. 네가 뭘 아냐, 내 말대로 해라, 잔말 말고 시키는 대로 해라, 네 머릿속을 나는 다 꿰뚫고 있다, 내가 모를 줄 아냐? 뻔할 뻔 자다, 나는 너 같은 생각 안 해 본 줄 아냐?

하윤의 모습에 엄마의 모습이 오버랩 되었다. 이제야 알 것 같다. 내가 왜 요새 하윤에게 미친 듯이 화가 났는지를. 정확하게 짚자면 내 잠재의식의 어느 부분이 건드려진 건지를 알 것 같다. 누군가가 계속 나의 아킬레스건을 잡고 튕기는 기분이 들어서였던 것이다.

고개를 빳빳이 세우고 네 생각을 다 안다며 내 말이 다 맞는다는 자기 확신이 강한 사람이랑 같이 있으면 언제나 주눅이 든다. 나도 십칠 년을 거저 살지 않았으니까 배우고, 느끼고, 듣고, 본 게 있고, 나만의 취향도 있는데도 그런 사람 앞에서는 이상하게 내가 아는 것에 대한 확신이 순식간에 사라진다. 나를 앞세우지 못하고 입 안에서 흐물흐물 녹는 이상한 껌처럼, 존재감 없는 액체처럼 말을 꿀꺽 삼키게 된다. 그리고 그 사람에게 모든 선택권을 순순히 넘겨 준다. 내가 옳다는 생각이 강하게 들 때도 그렇다.

기가 눌려서 그런 걸까? 엄마를 사랑하니까 엄마에겐 더 그렇게 행동하게 되는 것 같다. 아니, '그래야 엄마가 좋아할 것 같아서'라고 해야 하려나? 엎치나 메치나 그게 그거인 것 같긴 하지만.

식당에 가도, 옷이나 신발을 사러 가서도, 심지어 대형 서점의 문구 코너에서도 엄마와 같이 있으면 늘 움찔거리게 된다. "뭐 먹을래? 시켜!" 이래 놓고 내가 돈가스를 시키면 "이런 덴 안 좋은 기름을 써"라며 오므라이스로 바꾸고, 비빔국수를 시키면 "아침에 빵 먹었으니까 밥 먹어" 한다. 하이 톱 스니커즈를 신고 싶다고 집으면 "이딴 건 다리 쭉쭉 뻗은 애들이나 신는 거야"라고 하면서 낚아챈다. 향기 나는 펜을 고르면 "펜이 잘 써지기만 하면 되지"라고 하고, 푸바오 인형이 달린 펜을 고르면 "공부하는데 정신 사납게!" 하면서 다른 펜을 집는다.

처음엔 반항도 해 봤지만, 몇 번 깨지고 나니 의욕이 점점 사라졌다. 권한이 없는데 뭘 하겠냐 말이다. 이후엔 엄마가 시키는 대로만 하게 됐다. 그래야 평화로우니까. 엄마의 방식에 익숙해지다 보면 내 머리로는 아무 판단을 하지 않는 지경까지 가게 된다. 그래서 이런 말들이 자연스럽게 입에 붙었다.

"엄마는 어때?"

"엄마가 골라 줘."

"엄마가 알아서 해."

그러던 중, 완벽한 무력감을 느끼게 된 사건이 있었다. 중학교

3학년 1학기 기말고사가 끝난 날, 엄마 손에 끌려가 새로운 학원에 다니게 되었다. 2학기 내신 대비와 고입 대비를 병행해 준다는 곳. 목소리가 하이 톤인 잘생긴 상담 샘도 인상 깊었지만 그보다는 처음 접한 색다른 환경에 더 설레었다. 항상 집 근처 학원만 다니다 난생처음 마을버스를 타고 지하철역까지 갔으니까.

그동안 다닌 학원들은 높아 봐야 3층 아님 4층 건물에, 낙서가 휘갈겨진 책상들에, 화장실은 열악했다. 늘 지린내가 배어 있고 휴지걸이는 찌그러진 데다 환기구에서 덜덜 소리가 났는데 여긴 완전 달랐다. 화장실에 달린 등도 고급스럽고 옅은 아이보리색 불빛이라 유난히 얼굴이 이뻐 보였다. 8층 건물에 전신 거울이 달린 엘리베이터도 좋았다.

그리고 지갑에 넣고 다니게 된 두 개의 카드. 분식집에서 혼밥할 때 쓰라고 준 엄마의 체크 카드와 학원 입구를 통과할 때 대는 카드도 왠지 어른이 된 기분이 들게 해 우쭐해졌다. 사실 이런 건 사소한 변화지만, 그때만 해도 그것들 덕분에 나 자신이 다르게 느껴졌기에 나열하지 않을 수 없다.

그 외에도 그즈음엔 많은 게 새로웠다. 학원 차창 밖으로 마치 파란색 잉크를 한두 방울 떨어뜨린 듯 세상이 파랗게 물들어 가는 모습을 볼 때나 어둠이 짙어지면서 켜지는 노오란 가로등 불빛과 자동차들의 헤드라이트, 처연하게 떠 있는 보름달을 바라보고 있으면 까닭 모를 느낌에 울컥하곤 했다. 성적이나 친구 문제

같은 현실적이고 구체적인 고민이 있었던 것도 아닌데 설명 못할 감정에 자꾸 덜컥 사로잡히곤 했으니, 아마 그때가 사춘기의 시작이 아니었을까 싶기도 하다.

그때 강기준이란 애랑 알게 되었다. 정해진 짝이 있는 것도 아닌데 그 앤 연거푸 내 옆자리에 앉았고, 내게 이것저것 질문을 했다. 학교나 취향, 가족 관계. 단답형 질문엔 쉽게 답할 수 있었지만 내 생각을 묻는 주관식은 늘 당황스러웠다. 그 앤 상상력이 풍부한 건지 아니면 그냥 습관인지 '만약에'로 시작하는 질문을 많이 했다.

"만약에 말야, 좀비가 나타나서 사람을 해치는데 엄마 아빠가 둘 다 물렸어. 근데 좀비한테 물려도 원상 복구가 되는 약이 너한테 딱 한 개 있거든. 그럼 어쩔래?"

"뭐야. 엄마가 좋아, 아빠가 좋아의 변형일 뿐인데?"

"에이~, 그거랑은 다르지."

"물에 빠진 엄마랑 아빠 중 누굴 구할래? 그런 거잖아."

"그러네. 그거랑은 비슷하겠네. '둘 다 안 구할래'란 답도 있으니까."

"한 명은 살릴 수 있는데 아무것도 안 하는 것도 말이 안 되는 거고……. 괴롭네. 넌 어쩔 건데?"

"난 나를 위해서 그 약을 비축해 둘 거야. 좀비 떼가 설치니 내가 날 지켜야지."

"야! 그래도 눈앞에서 엄마 아빠가……."

"내가 잘 살아남는 거, 그게 더 효도야."

"와우~."

색다른 대답이라 머릿속이 환기가 되었다. 이외에도 '만약에'를 앞세운 질문은 많았다.

"만약에 네가 남자로 태어났어. 어떤 여자애랑 사귀고 싶어?"

"만약에 네가 복권에 당첨이 된 거야. 그것도 평~생 쓰고도 남을 만큼 겁나 큰 금액에. 그럼 너 여기서 이렇게 수학 문제 풀고 있을 거야?"

"만약에 누군가가 너한테 딜을 걸었어. 인생을 편하게 살 수 있는 치트 키를 줄 테니 대신 일주일 동안 열 명한테 침을 뱉으래. 너 할래? 침 뱉는다고 사람이 죽지는 않으니까. 어때?" 등등.

어찌 보면 실없기 짝이 없는 질문들이었지만, 몇 번 답을 하다 보니 미처 몰랐던 나의 마음속 생각들이 꼬물거리면서 살아나 움직이는 것 같아 생동감이 들었다. 이런저런 가정을 해 보는 재미도 있었다. 무엇보다도 대답을 할 때마다 내 마음이 고무줄처럼 늘어나 넓고 깊어지는 기분이 들었다.

그 애가 물어본 '만약에' 중에서 뭐니 뭐니 해도 가장 인상 깊은 질문은 이거였다.

"너 만약에…… 내가 사귀자 그러면 어떨 거 같아?"

지금 같으면 달랐겠지만, 그때의 난 정말 순진하고 소심했다.

그래서 그 애의 질문에 얼굴이 빨개지는 일 외엔 달리 할 게 없었다. 그러자 기준이 박수를 한 번 치고는 제안을 했다.

"좋아. 이건 객관식으로 하자. 자! 1번, 미친놈! 꺼져! 2번, 너 내 스타일 아니거든? 3번, 친구까지는 OK! 4번, 쑥스럽지만 나도 네가 좋아."

번호를 부르면서 손가락을 하나씩 접다 마지막 4번에서 넷째 손가락을 연신 접었다 폈다 하면서 나를 빤히 바라보는 그 애의 눈빛에 절실함이 진하게 묻어났다. 어쩌면 내 눈의 것이 옮아간 걸지도 모르겠다.

난 수줍게 그 애의 넷째 손가락을 잡아당겼다. 그런데 그 순간, 이상한 전기가 찌릿! 하고 올랐다. 만화에서는 감전된 고양이의 털이 삐죽삐죽 서던데, 내 경우엔 따스한 고무공 같은 게 물컹 하고 가슴속에 들어오는 기분이었다.

그 뒤로 우린 정말 빨리 친해졌다. 서로를 향해 멀리뛰기를 한 것처럼 훅 가까워졌다. 학원 가는 시간만 기다려지고 집에서도 그 애 생각만 나고. 나의 삶의 축은 거의 그 애에게 옮겨 갔다.

사귀게 된 뒤로 기준은 '만약에' 질문을 하지 않았다. '만약에' 를 하려면 그 애와 나 사이에 일정 거리가 있어야 하는데, 우린 이미 축지법이라도 쓴 듯 딱 붙어 다녀서 그럴 수 없었다. 손을 잡든가 눈을 맞추든가 아니면 포개진 풀잎처럼 붙어 쏘다니든가. 그러다 보니 금세 엄마에게 들켰다.

토요일에 학원 보충이 있다고 둘러대고 그 애와 롯데월드에 가기로 했다. 마침 이모네가 이사 가는 날이라 엄마가 종일 집을 비운다는 정보가 있었기에 편한 마음으로 뻥을 쳤다.

그리고 토요일 오전, 콧노래까지 부르며 씻고 나가려는데 욕실 문이 안 열렸다. 처음엔 고장 난 건 줄 알고 소리치고 문을 두들겼는데, 엄마가 욕실 문밖에서 말했다.

"거기서 반성해."

엄마가 날 가둔 거였다. 작은 소리로 "어휴, 저게 동네 창피한 줄 모르고……"라고 중얼거린 걸로 보아 동네 사람이 귀띔을 해 줘서 알게 된 듯하다.

난 계속 문을 두들기기도 하고 애원을 하기도 했다. 그러다 다 소용없음을 깨닫고 조용히 있자, 엄마가 문 뒤에서 조곤조곤 야단을 쳤다. 엄마는 기준에 대해 나보다도 더 많은 걸 알고 있었다. 내가 아는 기준을 모르는 엄마는 내가 모르는 기준에 대해서만 말했다.

그중에서도 가슴이 제일 덜컹 내려앉은 소리는 엄마가 기준을 '상습범'이라고 부르는 거였다. 질 나쁜 애라며, 여자애들 후리는 재주가 있는 애란 말도 하고 그 애가 가정불화 때문에 청소년 단기 쉼터에 머물면서 학교에 다니고 있다는 말도 했다. 난 욕실에 앉아 엉엉 울었다. 엄마가 해 준 말 때문이 아니라, 내가 할 수 있는 게 아무것도 없다는 사실 때문이었다.

약속 시간인 열한 시가 지나 열한 시 반이 되었을 즈음, 누군가가 벨을 눌렀고 엄마의 목소리가 높아지는 듯하더니 이내 잠잠해졌다. 기준이 왔다 쫓겨난 것 같았다.

기준과는 그게 끝이었다. 남은 방학 동안 난 용인에 있는 기숙학원에 갇혀 있었다. 반항은커녕 불평조차 할 수 없었다. 그날 욕실 문을 열어 주던 엄마 아빠의 표정이 너무 무서웠고, 무엇보다 엄마가 소리 내어 울었기 때문이다. 그래서 그때의 기억은 앞뒤를 다 잘라서 머릿속에서 지워 버렸다.

하지만 쭈글쭈글해진 내 손가락은 아직도 기억에 선명하다. 욕실에 갇혀 있는 동안 너무 추워서 욕조 안에 오래 들어가 있었기 때문이다. 지금도 궁지에 몰린 기분이 들 때면 이상하게 그 쭈글쭈글해진 손가락들이 떠오르곤 한다. 나중에 찾아본 바로는 손가락 피부 속 혈관이 빠르게 수축해서라는데, 난 그걸 무력감으로 기억한다. 팔다리가 다 잘린 것 같은 무력감.

바로 지금, 그날이 떠올랐다. 하지만 이번엔 무력감 때문이 아니다. 엄마와 하윤이라는 두 개의 원이 겹쳐진 교집합 부분을 인식하면서 내가 해야 할 일이 뭔지를 비로소 깨달았기 때문이다.

"뭐 해? 빨리 나와! 가자니까?"

복도 끝에 선 하윤이 교실 문 앞에 멀뚱히 서 있는 나를 향해 손을 흔들며 재촉한다. 누군가의 재촉엔 늘 불안해져서 나도 모르게 몸부터 들썩이던 줏대 없던 나지만, 이번엔 꼼짝 않기로 한다. 붙박이처럼 서서 복도 끝의 하윤을 바라본다.

그리고 강기준이란 애를 만났던 그 시간을 떠올렸다. '그때 난 왜 그랬을까?' 하는 후회가 치밀었다. 그 앤 나의 역사 속에 엄연히 등장한 아이였고, 나의 선택으로 만났던 틀림없는 실존 인물이었는데. 정작 난 왜 아무런 선택도 하지 못한 채 그 아이와 헤어져야 했을까? 아무리 그 애가 '나쁜 애'라도 말이다.

그렇다고 그 애가 보고 싶다거나 그립다거나 그런 건 절대 아니다. 사실 이젠 그 애의 얼굴도 기억이 잘 안 난다. 오히려 선명한 건 그 시간 속의 나, 내 가슴속으로 들어온 물컹한 고무공과 그로 인해 따뜻해졌던 내 마음, 이전의 나와 다른 나를 느꼈던 아름다웠던 그 시간이다.

그런 내 삶의 일부를 누군가가 맘대로 가위로 오려 낸 듯한 기분이 들었다. 왜? 그때의 선택에는 나의 의지가 하나도 섞이지 않았으니까. 그래서 그 부분은 공란이다. 억울하다. 만약에 엄마가 나를 가둬 놓지 않고 내가 나가서 결정하고 선택하게 했다면 뭔가 달라지지 않았을까? 시행착오를 겪더라도 내가 직접 골라 가졌다면 결과적으로 더 나은 사람이 되지 않았을까?

난 그때 경험하고 배웠어야 할 것을 배우지 못하고 지나온 거다. 성장할 시간조차 주지 않고 효율적인 최단 거리로만 달리라는 엄마. 내 감정의 영역조차도 인정하지 않고 뭐든지 엄마 시점에서 판단하고, 옳고 그른 것도 생각하지 말고 골라 주는 걸로 무조건 주워 삼키라는 엄마의 독주 말고, 내 페이스대로 가야 하는 거였다.

이젠 나의 선택을 존중받고 싶다. 그래서 하윤이 밀어붙이는 게 싫었던 거다. 건드려진 나의 아킬레스건이 몸서리를 친다. 때가 되었다고. 물이 새는 지점에 놓인 깡통에 물방울이 얌전하게 톡톡톡톡 떨어지다 어느 순간 넘치기 시작하듯이, 난 지금 그 순간에 도달한 거다. 마침내, 이제야, 드디어!

물살을 거슬러 올라가는 연어처럼 힘차게 움직이진 못했지만, 조금씩 조금씩 옆으로 걷는 참게처럼 차곡차곡 걸어서 이제 그 순간에 도착한 거다. 힘차게 왔든 뭉그적뭉그적 왔든 도착점은 같다. 그리고 도착점에서 만세를 부르는 절절함도 다 똑같다. 난 나지막하게, 그러나 싱그럽게 만세를 외쳐 봤다.

"만세!"

나의 영역을 존중받고 싶다. 그게 누구든, 엄마든 친구든 간에 말이다. 옳고 그른 것보다 상대에 대한 존중과 공감이 먼저다. 난 그렇게 생각한다. 그러니 정하윤에게 말해야겠다.

"너랑 나랑 다른 사람인데 왜 자꾸 네 생각을 강요하는 거야? 너만 옳다고 하지 마. 우리 중간에서 만나자구!"

일단 밥을 먹긴 해야겠으니 복도를 힘차게 걸어간다. 하지만 하윤이 늘 고집하는 맥날에 안 가고 쫄면을 먹겠다고 할 거다. 밥

한 공기가 300칼로리인데 쫄면은 706칼로리라 열량이 두 배 이상이네 어쩌네 이딴 소리 하면 가만 안 있을 거다.

"넌 네 인생 살아, 난 내 인생 살게."

이렇게 금을 긋고 갈라설 거다. 당연한 거지만…… 나도 중요한 사람이고, 내 식대로 빛날 권리가 있으니까.

나는 인증한다.
고로
존재한다

나 좀 좋아해 주라:

손지희

SEOBU HIGH SCHOOL

내가 아역 배우 출신이란 걸 아는 애들은 거의 없다. 아니, 아예 없다고 말하는 게 맞는 표현일 거다. 요즘같이 드라마가 미친 듯이 쏟아져 나오는 세상에 옛~날 드라마, 그것도 시청률 3퍼센트도 안 나온 미니시리즈 주인공의 조카로 나왔던 아역을 기억하는 사람이 있을 리 없다. 그렇다고 짤로 남을 만한 인상적인 신이 있었던 것도 아니다(주로 찡찡거리고 떼쓰는 연기만 했는데, 좀 더 강렬하게 했다면 짤로 만들어지지 않았을까?). 언젠가 반 애들이 모인 자리에서 애들에게 그 드라마를 상기시키려 무지 애썼는데 실패했다. 뭐, 그땐 다들 드라마를 볼 나이가 아니었으니 기억하는 게 더 이상한 걸지도 모른다.

내가 한때 아역 스타였다고 하니까 희정이 꼭 집어 말했다.

"그 정도 아단이 무슨 스타?"

아단. '아역 단역'이란 소리다. 나도 안다. 스타란 거저 생기는 타이틀이 아니다. 넘치게 인기가 있어야 비로소 붙는 것이니까. 하지만 그 당시를 기준으로 보면 아역 스타 맞다. 아동복 모델도 했고, 삼촌네 회사 사보 모델이랑, 사람들 사이에 묻혀 있긴 하지만 학습지 광고 조연급 모델도 했으니까.

지금도 내 방엔 브로마이드로 제작된 사진들이 여러 장 붙어 있고, 우리 집 거실엔 드라마에 나왔던 내 모습이 대문짝만하게 걸려 있다. 유명 배우 김설아와 부둥켜안고 있는 사진도 있어서 우리 집에 오는 사람 중 입 가진 이들은 누구나 다 그걸 보고 한마디씩 한다.

"어머 어머, 따님이 아역 스타시구나!"

그래서 난 아역 스타란 말이 익숙하다. 다만 이젠 다 컸으니까 아역은 빼고, 뒷부분의 스타만 접수했다. 그게 내 정체성이다. 아직 소속사는 없지만 연기 학원에서 열심히 수업을 듣고 있고 틈틈이 오디션도 보고 있다. 학원에서 만들어 준 연기 영상, 자기소개 영상, 프로필 사진도 있는 준비된 연기자다. 게다가 남들에겐 없는 아역 스타 이력도 있다. 그러니 기회만 얻는다면 스타가 되는 건 시간문제라고 생각한다.

당연히 지금이야 대중적인 인기는 없지만, 이 동네 고등학교 남학생 중 나를 모르는 애가 거의 없고, 내가 길거리를 다닐 때 휘파람을 부는 애들도 종종 있다. 이 정도면 학교 스타라고 해도 되지 않나? 학교 스타는 뭐, 스타 아닌가? 유튜브에 나오는 댕댕이 한테도 유튜브 스타라고 이름 붙이는 마당에 말이다.

날 깎아내리고 싶어 하는 이희정의 심리는 결국 열등감에서 비롯된 거다. 걔 얼굴만 봐도 열등감이 막 뿜어져 나오는 게 보인다. 저런 얼굴을 머리 앞면에 장착하고 다니는 기분은 어떨지 궁금할 정도로 별로다. 거울 볼 때마다 화가 나지 않을까?

이건 결코 걔에게 악평을 하는 게 아니다. 근거가 있는 객관적인 평이다. 우리 반 남자애들도 외모 순위에서 이희정을 꼴등에 가깝게 뽑았으니까(진짜 꼴등은 신미수지만, 걔 공부를 잘해서 그런지 아니면 안경테가 커서 그런지 은근 지적으로 보여서 결점이 가려진다).

사실 희정은 키가 작은 편이 아니지만, 비율이 안 좋아서 남들보다 더 보란 듯이 작아 보인다. 뭐랄까, 유난히 허리가 길어서 걸어 다닐 때 보면 고장 난 화면이 내 앞에서 흐느적거리는 기분이 든달까? 물론 이희정과는 딱히 척질 일도 없고 싸운 적도 없지만, 걔가 번번이 나에게 적개심을 보이는데 나라고 걔를 좋게 볼 이유는 없다.

물론 걔 앞에서는 절대 내색 안 한다. 아니, 나는 이희정만이 아니라 그 누구와도 안 좋은 소리를 주고받지 않는다. 내가 성격이 엄청 좋아서거나 인성이 원래 반듯한 애라서가 아니다. 앞에서 말했듯이 내 정체성이 스타이기 때문이다. 지금은 연예인 지망생에 불과하지만 결국에는 스타가 될 거고, 스타란 직업은 대중에게 노출되는 것이므로 흠이 드러나서는 안 된다고 생각한다. 그러니 조심해야 한다. 연예계에서 잘나가던 사람이 과거의 학폭이 들통나서 하루아침에 추풍낙엽처럼 추락하는 걸 종종 볼 수 있는데, 그게 바로 그 예다.

그렇다고 내가 오로지 나의 커리어를 위해 평소에 연기를 한다고 생각해서는 안 된다. 이런 태도는 내 생활신조이고, 가치관이면서 동시에 어른의 자격 요건이라고 생각한다. 애들은 그런 사람을 보고 가식적이라는 둥, 표리부동한 타입이라는 둥 씹기도 하지만, 생각을 겉으로 그대로 드러내는 건 어리석은 애들이나 하는 짓이다. 아니, 어리석다기보다는 기본적인 사회화가 덜 된 애들이라고나 할까?

그리고 난 어릴 때부터 엄마한테 이렇게 교육을 받았다.

"드라마 촬영지에서 만나는 사람들은 다 연줄이 되니까, 거기 스태프분들한테 인사 잘해야 해."

그래서 항상 "잘 부탁드립니다" 하고 꾸벅꾸벅 인사를 했다. 그때부터 인사를 잘한다고 칭찬받아서 그런지 지금도 인사에는 유난히 더 특화된 듯하다.

식당에서 밥을 먹을 때도 엄마는 늘 이렇게 지적했다.

"사람들이 너 알아보잖아. 바른 자세!"

그래서인지 난 남을 많이 의식하면서 살아왔다. 중학교 때 친구들하고 롯데월드에 갔을 때 새치기하는 애들과 싸움이 붙었는데, 다른 애들과 달리 무조건 참아야 했던 나 자신이 너무 싫었다. 집에 와서 분해서 우니까 엄마가 "넌 다른 사람들하고 다르니 다르게 행동해야지"라고 말했다. 뭐가 다른 건지는 모르겠지만, 그렇다니 그냥 그런 줄 알고 살았다.

실제로 거울을 보면 정말 예쁜 내가 보이고, 동네 어른들도 나를 보면 다들 이쁘다고 한다. 학년이 바뀌면 애들이 자연스레 내 외모에 호감을 갖고(뜬금없이 젤리 같은 걸 주고 가는 남자애도 있었다), 학원 샘들이나 친구 엄마들도 나를 이름 대신 '이쁜 애'라고 불러 주기도 해서 난 다르긴 다르다고 은연중에 생각해 왔다.

그런데 고등학생이 된 후부터는 양상이 조금 달라졌다. 희정처럼 열등감 때문에 나에게 밉살맞게 말하는 애들도 있고, 중학교 졸업 앨범에서 나를 봤다면서 대뜸 "너 코 했지?"라고 따져 묻는 애 때문에 남자애들도 많은 데서 아니라는 증거로 돼지코를 해 보인 적도 있다.

또 내가 잘 웃고, 싫은 소리를 안 하고, 부드럽게 행동해서 그런지 아예 대놓고 무시하는 애들도 생겼다. 모르는 남자애가 체육 시간에 농구공을 튕기며 "이맹아"라고 부르길래, "난 손지희야"라고 답하니 키득거리면서 "그러니까 너 이맹이야" 하고 가 버렸다. 황당해하면서 서 있자니 우리 반 남자애가 말해 줬다. '이쁜데 맹하다'라는 의미라고.

그 말을 듣고도 난 따지지도 못하고 약간 울먹이다 말았다. 그 애를 불러 세워서 화를 내는 일은 너무나 품이 많이 든다. 차라리 못 들은 척하는 게 내겐 더 쉽다. '남자애들은 좋아하면 저런 식으로 놀리기도 하니까……' 하고 합리화도 했다.

하지만 그때 약간 충격을 먹었다. 정신 차리고 다시 찬찬히 생각해 보니, 내가 이쁘다고 다 나를 좋아하는 건 아니란 생각이 들었다. 정하윤같이 공부도 잘하고 자기 색깔이 뚜렷한 애가 남자애들한테 더 인기가 있는 것 같다. 정하윤은 까칠하고 잘난 척도 너무 심해서 여자애들한테는 욕 좀 먹는 것 같던데, 남자애들은 그렇게 보지는 않나 보다. 솔직히 걔가 외모 순위 2등이라고 해서 깜놀했다.

주홍모도 은근 정하윤을 좋아하는 거 같아 보인다. 내가 주홍모를 좋아하는 건 아니지만, 반에서 비교적 영향력 있는 홍모가 하윤을 좋아한다는 건 그리 기분 좋은 일은 아니다.

난 하윤이 별로다. 그럴 만한 계기가 있긴 했다. 원래 내가 연예인 지망생이란 사실을 아는 애들은 별로 없었다. 그런데 정하윤이 아웃팅을 하는 바람에 반 아이들이 다 알게 되었다.

언젠가 수학 시험 족보를 애들이 나눠 볼 때, 난 안 받겠다고 했다. 하윤이 의아해하길래 그냥 쿨하게 "나 수포자야"라고 했다.

그런데 점심시간, 교실이 텅 비고 아무도 없을 때 하윤이 내게 와서 조용히 말했다.

"중학교 문제집부터 다시 한번 찬찬히 풀어 봐. 이제 1학년인데 넘 빠르게 포기하는 거 아냐?"

처음엔 그 애의 말에 진심이 느껴져서 고마웠다. 나의 프라이버시를 지켜 주기 위해서 작은 소리로 말하는 것 같아 그 배려도 높이 샀다. 그래서 솔직하게 말했다.

"난 연예인 지망생이라…… 사실 연기 학원에 다니거든."

"그래도. 어떻게 될지 모르는데 기본은 해야지."

"근데…… 수학이 넘 어려워서."

"맞아, 모르면 정말 막막하지."

막막하단 표현을 쓰는 하윤에게 살짝 감동했다. 실제로 수학 시간마다 다른 책을 꺼내 놓고 멍 때리고 있을 때 정말 말 그대로 막막했기 때문이다. 마치 깊고 좁고 컴컴한 우물 속에 들어가 앉은 기분이었다.

"그래도 딱 한 발씩만 앞으로 나오면 돼."

'딱 한 발'이란 그 애의 말에 그날 이후 중학교 수학책을 꺼내서 보기도 했다. 사실 나한텐 초딩 수학도 어렵다. 어려서부터 수학을 안 했고, 그래서 못했고, 또 못해도 된다는 생각이 지배적이었으니까. 어차피 난 연기로 대학에 갈 거고, 연극 영화과는 수능 점수를 아예 안 보는 학교가 많으니까.

그나마 국어는 곧잘 했는데, 고등학교 들어오니 국어조차도 엄청나게 어려워졌다. 비문학이란 명분으로 물리, 화학, 우주, 항공,

역학 이딴 주제의 글에서 답을 찾으라고 하니 우리나라 말이라도 거의 해독 불가다. 그래서 사실 암기 과목 외엔 거의 다 손을 놓은 형편이다.

결과적으로 하윤의 조언에 힘입어 수학을 다시 시작하지는 않았지만, 하윤에겐 늘 호의적인 마음을 갖고 있었다. 그래서 편의점에서 마주치면 새콤달콤이나 짱셔요, 미니 비엔나 같은 걸 사서 슬쩍 건네 주곤 했다.

그랬는데 걔가 어느 날 배신을 때렸다. 아니, 배신이 아니라 원래 그런 캐릭터였던 건가? 아니면 눈치코치가 없는 애든지. 그것도 아니면 나를 개 무시하는 걸지도…….

모의고사를 앞둔 어느 날, 다들 늦게까지 야자를 하고 있을 때였다. 책장 넘기는 소리만 들리는 집중의 시간에 누군가의 배 속에서 꼬르륵 소리가 처절하게 나는 바람에 애들이 빵 터졌다. 그걸 시작으로 여기저기서 "개 배고파"라며 떠들었고, 급기야 "빵 사 올 사람 없냐?" "네가 가라 하와이" "닥쳐라. 간만에 공부하는데 흐름 끊긴다" "사다리 타자!" "봉사자나 자원자 없냐?" 하고 말만 무성해졌다.

그래서 내가 벌떡 일어나 사다 주겠다고 자원을 했다. 화장실 가는 김에 겸사겸사. "우아, 지희 천사네" "역시 이쁜 애가 마음도 이뻐요" "배려 최고!" 등등 빈말에 가까운 찬사가 쏟아지는 와중에 하윤이 말했다.

"지희 대단해. 요새 백만 연예인 지망생 시대라 연예인 되려면 백만, 그거 뚫어야 한다잖아. 오죽하면 스타 고시란 말이 있던데. 서울대 가는 건 일도 아닌 거야."

뜬금없이, 아무 맥락 없이 대체 저 이야기는 왜 하는 건데? 칭찬이야? 아니면 어차피 넌 공부 안 해도 되니 네가 가는 게 맞는데 그래도 대단하다, 뭐 이런 소리야?

하윤의 아웃팅에 애들이 소리를 질렀다. 속 모르는 애들의 우발성 탄식이 마구잡이로 터졌다.

"대~박."

"지희 정도면 된다고 봄."

"소속사가 어디야? SM?"

"아이브 원영이 사인 좀!"

"뉴진스랑 같은 소속사 아님?"

하윤이 원망스러웠다. 하윤의 말이 진짜 내가 대단하다고 생각해서 한 말이 아니란 건 누구나 다 알 거다. '백만 연예인 지망생 시대'라는 말 자체도 개나 소나 다 연예인 하려고 덤빈단 의미로 쓰이니까.

물론 내가 소속사가 있거나, 전도양양한 조짐이 조금이라도 있었다면 아웃팅을 즐겼을지도 모른다. 어쩌면 난 자신이 없어서 하윤의 말에 분개한 건지도 모르겠다. 어쨌거나 결과적으로 하윤은 배신자다. 그 뒤로 반 애들이 뻑하면 날 '우리 반 연예인'이라

고 부르거나 내가 지나갈 때마다 〈연예인〉이란 노래를 흥얼거렸
으니까.

이상하게 그 소리를 들을 때마다 연예인이라는 꿈과 멀어지는
것 같은 기분이 들었다. 전엔 이런저런 상상(방송에 나온 나를 보고
반 아이들이 깜놀하는 모습이랄지, 화려한 시상식에서 쇄골이 드러나는
드레스를 입은 내 모습이랄지)도 많이 하고 은근한 야심(BTS도 동료
로서 쉽게 만나겠지? 만약 사귀자고 하면?)도 품었는데, 이젠 연예인
이라는 단어가 길바닥에 나뒹구는 전단지처럼 후줄근한 타이틀
로 들렸다. 안 그래도 일전에 전해 들은 친할머니의 말에 기가 완
전 죽어 있던 터였는데 말이다.

연기 학원비 좀 보태 달라고 엄마가 부탁하니까 할머니가 대번
에 그랬단다.

"연기는 수능 보고 그 뒤에 해도 되는 거지. 연예인 하나만 바라
보고 공부 안 하다가 그거 못 하면 뭐 할 건데? 말이 지망생이지,
그냥 공부 안 하고 노는 거랑 꾸미기 좋아하는 애들이 하는 게 그
거 아니냐?"

진짜 팩폭 미쳤다. 그래도 엄마는 할머니 앞에서 끝까지 내 편
을 들었다고 했는데, 회의적이다. 진정한 내 편이라면 저렇게 아
픈 이야기는 나한테 전하지 않는 게 맞다고 생각한다. 할머니
의 입을 빌어 엄마의 생각을 전하려는 구린 의도가 아닐까?

'연예인 지망생이 죄야? 세상에 노는 거 싫어하는 사람이 어딨

어? 그리고 이쁜데 어떻게 안 꾸며? 그래, 되기 전까지는 얼마든지 무시당할 수 있어. 하지만 내가 유명해지는 순간, 아마 다들 입을 닫을걸.'

이렇게 오기도 부려 봤지만 김은 다 샜다.

꿈이라는 건 모름지기 내가 정말로 원하고, 적성에 맞는다는 확신도 들고, 재능도 있고, 생각만 해도 설레야 할 것 같은데, 요샌 연예인이란 꿈이 내겐 최후의 보루가 아닐까 싶은 생각이 들기도 한다. 선택의 여지가 없으니까 이거라도 해야겠다는 마음이 아닌가 하고 스스로에게 묻게 된다. 물론 내 마음은 솔직하게 답하지 않는다. 까놓고 그래 봐야 나만 손해니까.

그러니 늘 합리화를 한다. 인간은 누구나 자기 합리화를 하기 마련이니까. 대신 이런 상상을 해 봤다. 반대로 내가 만약 안 예쁘다면, 그래서 어릴 때부터 공부에 전념해야 했다면 혹시 지금 성적이 좋지 않을까? 하고.

아무튼 난 공부에는 자신이 없다. 좋은 대학교에 들어가 어려운 전공을 공부하고 박사까지 딴 연예인도 있다지만 그건 그 사람이 특이한 거고, 난 지금으로선 연기를 고집할 수밖에 없다. 일단 외모라는 타고난 자산은 있으니까. 얼굴이 스펙이라는 뜻의 '페이스펙'이란 말이 괜히 있겠냐 말이다. 그것마저 없는 애들보다는 앞선 거라고 스스로를 위로해 보기도 한다.

솔직히 연기 학원도 썩 재미있는 건 아니다. 하지만 학교에서 수업 시간에 넋 놓고 있는 것보다는 훨씬 낫다. 그리고 이 길도 절대 녹록지 않다. 워낙 지망생이 많다 보니 연예 기획사만 해도 이천여 개가 넘고, 그러다 보니 별별 일이 다 있다.

중2 때 대형 기획사 오디션을 본 적이 있는데, 사백 명 중 1차에서 떨어진 애들이 삼백 명이었다. 나도 거기 속했다. 그런데 나중에 듣기로는 그때 지원한 애 중 한 명이 이천만 원만 주면 키워 주겠다는 말에 오디션장에서 만난 사람에게 돈을 줬다가 사기를 당했단다.

이보다 더 극단적인 예로는 기획사가 사주하는 성매매, 연습생 착취와 금품 갈취도 있고 심지어 노래방 같은 데서 노래해 보라고 시키는 경우도 있단다. 그러면서 "여기 있는 사람들에게도 호감을 못 사면서 어떻게 수십만 명의 대중을 상대로 너의 매력을 어필할 수 있겠냐? 그거 못 하면 넌 재능이 없는 거다. 얼굴 이쁜 애들, 노래 잘하는 애들, 춤 잘 추는 애들이 널렸는데 걔들이 다 연예인이 되는 줄 아느냐? 재능보다 중요한 건 재능을 어떻게 포장하느냐다" 이딴 이야기를 한다고.

이 이야기는 우리 지망생들 사이에 전설처럼 전해져 내려온다. 재능보다는 그걸 어떻게 포장하느냐가 더 중요하다니 생각만 해도 김이 빠지지만, 그래도 우리는 희망만을 보고 달린다. 안 좋은 이야기에 발목을 붙잡히면 한 걸음도 나아가지 못할 테니까.

난 다행히 (비싸긴 하지만) 소수 정예로 연기 지도를 해 주는 학원에 다니며 착실하게 수업을 받고 있다. 카메라 앞 시선 처리와 움직임, 표현 디테일도 좋고 즉흥 연기도 잘한다고 칭찬을 받았다. 그런데 발음과 발성이 안 좋아 대사 전달력이 떨어진다고 지적을 자주 당해서 스트레스다. 호흡도 짧고 어미 처리도 부정확한 아성(어린아이 같은 목소리)이라서 그렇다는데, 스피치 학원을 따로 다녀야 할지 고민 중이다.

그리고 언젠가 학원 부담임 샘이 연기 지도를 하다 말고 "너 혹시 노래는 잘하니?"라고 물어봤는데, 그 소리인즉 연기에 비전이 없다는 뜻이라고 같은 학원 친구가 말했다. 근데 나 노래는 정말 못한다.

하지만 방송을 보면 발연기를 하다가 라디오 진행자가 되거나 유튜버로 이름을 날리거나 예능 패널로 자리를 굳히는 경우도 있으니 희망을 가져 본다. 내가 보기에 연예계는 궁극적으로는 여러 분야가 서로 연결되어 있는 것 같다. 그러니 지금은 기본기 연습과 함께 나를 알리는 게 더 중요하단 생각이 든다. 하다못해 연예인을 못 해도 유튜브 셀럽이 되어 연예인 못지않은 팬덤을 구축할 수도 있다. 팬덤이 형성되면 연예계에서 콜을 받을 가능성도 커지니, 이렇게 가든 저렇게 가든 인기만 얻으면 된다.

문제는 운이 따라 줘야 한다는 것. 운은 언제 어떻게 터질지 모르는 복권 당첨 같은 거다. 그래서 요새 SNS를 열심히 하는 중이다. 일단 복권을 사야 당첨이 되든 말든 할 테니까. 실제로 SNS를 통해 캐스팅된 애도 있다고 한다.

SNS에 매일매일 일상을 올려서 팔로워를 모으는 것부터 하고 있다. 오래 관찰해 본 결과, 팔로워에도 '윈윈론'이 적용된다. 아주 유명한 인플루언서가 아닌 다음에야 대부분이 상부상조하는 관계다. 내가 좋아요를 눌러 주면 그들도 나한테 좋아요를 눌러 주는 시스템이니, 틈날 때마다 SNS에 들어가서 좋아요를 누르고 댓글을 무지하게 써 대야 한다. 보통 일이 아니다. 하지만 이것도 티끌 모아 태산 같은 노력에 해당한다고 본다. 그러니 언젠가 보상을 받을 수 있겠지.

SNS 피드를 꾸미는 일은 취향에 맞아서 재미있다. 샹들리에처럼 빛나는 또 다른 내 자아를 보는 일은 헛헛한 마음을 달래기에 좋다. 피드에 올린 내 모습은 언제나 최선 숏이자 최상 숏이라 항상 만족스럽다. 약간의 보정을 거친 거라 실제보다 업그레이드된 사진이긴 하지만, 이제는 모두가 그걸 감안하고 보기 때문에 문제가 되지 않는다. 사진을 본 누군가에게 인증받는 기쁨도 짜릿하다.

그래서 색다른 모습을 올리기 위해 엄마 옷장을 뒤지기도 하고, 근사한 카페에서 도둑 촬영을 할 때도 있다. 또 이런저런 이벤트를 하느라 용돈이 늘 궁하다. '오버 아닌가?' 하는 생각이 들 때도 있지만, 그럴 때면 이력을 쌓아 가는 거라고 합리화를 한다. 작가가 글을 써서 책을 내듯 난 내 이미지를 쌓는 거다. 개미처럼 부지런히, 차곡차곡.

그러니 내 보물 1호는 스마트폰이다. 내 자아의 일부가 그것에 담겨 있으니 폰이 없으면 자아가 사라지는 기분이 들 정도다. 이렇게 중독이 되어 가는 게 아닐까 싶기도 하지만, 나만의 일이 아니라 위로가 된다. 스마트폰 중독은 이 시대를 사는 사람들에겐 흔한 패턴이니까.

다만 답글 연기는 좀 힘들다. 팔로워 대부분이 모르는 사람이므로 서로 형식적인 대화를 나누는데, 전부 약간씩 다르게 적는 성의를 보여야 해서 진저리가 날 때도 있다.

— 어머, 그렇게 봐 주시다니 감사해요.

— 예쁘단 소리 언제 들어도 좋네요. 좋은 연기자가 돼 볼게요!

— 님도 존예신데요?

— 힘내세요ㅜㅜ 토닥토닥.

— 저도 만나 보고 싶어요. 언젠가 방송에서 만날 날이 있기를…… 뿌잉 뿌잉.

반복, 반복, 또 반복. 마음에도 없는 빈말 같은 문장을 계속 적다 보면 토가 나올 것 같다. 이런 댓글이 무슨 의미가 있을까 싶어 회의감이 들 때도 있지만, 그냥 백화점 개점할 때 직원들이 "고객님, 사랑합니다" 같은 구호를 외치는 거랑 비슷한 거라고 생각하기로 했다.

얼마 전부터는 브이로그를 찍어서 유튜브에 올리기 시작했다. 돈이 없어서 카메라를 따로 장만하지는 못했고 폰으로 촬영한다. 튼튼한 삼각대만 하나 샀다. 요즘은 편집 앱만으로도 고퀄의 편집이 가능하니 충분한 것 같다.

연기 동영상도 올리는데, 그러면 나 같은 지망생들이 들어와서 '좋댓구알'을 해 준다. 복도, 학교, 집, 버스 안, 학원, 식당……. 그야말로 어딜 가든 영상을 찍어서 편집을 하고 올리려니 일상이 촬영 중이다.

이렇게 인증하지 않으면 내 존재 자체가 없는 것 같은 기분이 들 때도 있다. 어느 게 진짜 나인지 괴리감이 생기기도 한다. 그럴 땐 무조건 좋은 쪽으로 생각한다. 살아 있는 한 바퀴를 계속 굴려야 하니까 멈출 수 없다고 말이다.

그런데 지난번에 브이로그를 찍다가 본의 아니게 알고 싶지 않은 사실을 하나 알게 되었다. 학교 운동장 개수대 위에 폰을 올려놓고 촬영 버튼을 눌러 놨는데, 집에 와서 편집하려고 영상을 켜 보니 애들 둘이 싸우는 소리가 녹음되어 있었다.

처음엔 남자애들의 흔한 싸움이라고 생각하고 지우려고 했다. 그런데 듣다 보니 우리 반 홍모와 인섭의 목소리라는 걸 알게 됐다. 둘은 주홍모의 고가 자전거 도난 사건에 대해 말하고 있었다. 약속을 지키라고 소리치는 인섭과 됐다는 홍모. 둘이 이야기하는 내용으로 사건의 개요를 맞춰 보니 홍모의 자전거는 누군가가 훔쳐 간 게 아니라 홍모가 자작극을 벌인 거고, 인섭은 공범이라는 사실을 알 수 있었다.

CCTV가 망가져서 도둑을 잡을 수 없게 되었다며 아이들이 '씨씨 없다' 놀이까지 했던 그 사건이 자작극이라니……. 미쳤다. 주홍모가 자기 자전거를 팔아먹고는 학교에는 도둑맞은 걸로 했다니. 게시판에 공고문까지 붙어서 한동안 학교에 난리가 났었는데. 진짜 겁대가리 없는 애들이다.

그 사건의 진실을 알게 된 게 왠지 부담스러웠지만, 내가 그걸 문제 삼을 위인은 아니라서 그냥 모르는 척하고 넘기려고 했다. 나만 꿀꺽 삼키면 되는 일이니까.

그런데 어쩌다 보니 홍모와 엮이고 말았다. 점심시간에 자리에서 일어나려다 엉덩방아를 찧었다. 알고 보니 홍모가 내 등에 걸쳐진 카디건의 소매 부분을 내 의자에 묶어 놨는데, 그걸 모른 채 벌떡 일어나려다 옷에 걸려서 뒤로 넘어진 거다.

사실 주홍모의 장난에는 이미 익숙해져서 별로 화도 안 난다. 교실에 들어가려는데 안에서 왁! 하고 놀라게 한다거나 내 말투를 혀 짧은 소리로 따라 하는 건 그냥 넘길 정도다. 장난도 일종의 관심 표현이라고 생각하고, 무엇보다 난 남한테 싫은 소리를 못 하니까.

하지만 어젠 경우가 달랐다. 내가 넘어지는 모습을 보고 아이들이 일제히 큰 소리로 웃은 데다 하윤이 한마디 한 게 결정적인 역할을 했다.

"주홍모 넌 왜 그러냐? 연예인 스타일 구기게."

이상하게 그 말이 거슬렸다. 아니, 거슬리는 정도가 아니라 내 트라우마를 건드렸달까? 얼핏 듣기엔 내 편인 거 같은데 내 편이 아닌 듯 느껴지는 하윤의 돌려까기식 발언에 짜증이 많이 났다. 하윤에게 아웃팅 당한 상처가 낫지 않아서 그런 듯싶다. 문제는 내가 그 화를 하윤이 아닌 홍모에게 던졌다는 거다(어차피 하윤에게 화를 낼 수도 없는 상황이긴 했다. 옷을 묶어 놓은 건 홍모니까).

"……너 진짜!"

"나 뭐? 나 아닌데?"

"작작 좀 해라!"

"닥닥 좀 해라. 뭘 닥닥? 증거 이떠?"

혀 짧은 말투로 나를 따라 하는 홍모의 대꾸에 애들이 또 웃었다. 하윤이 웃는 게 눈에 제일 먼저 들어왔다. 한심하다는 듯한 표정이랄까? 그게 누굴 향한 건진 모르겠지만, 꼭 나를 비웃는 것만 같아서 참을 수 없었다. 그래서 나도 모르게 뱉어서는 안 될 말을 했다. 물론 다른 아이들이 다 들을 정도로 큰 소리로 말하지는 않았다.

"홍모, 넌 완전 범죄라고 생각하나 본데…… 아쉽게도 증거가 있어."

"뭔 솔?"

"너랑 인섭이의 자작극? 개수대 뒤 토크 라이브 증거도 있어."

그 순간 홍모의 표정이 싸해졌다. 그 옆에 있던 인섭까지. '아차!' 싶었지만 이미 늦었다. 뱉은 말을 주워 담을 수는 없었다.

"야! 뭐? 더 말해 봐."

오히려 나를 다그치는 홍모가 두려워져서 도망치고 싶어지던 차에, 고맙게도 수업 종이 울렸다. 수업 시간 중에도 뒤통수가 뜨 겁다는 느낌이 들었다. 난 분명 주홍모의 잘못을 들춘 건데, 없는 일을 이야기한 것이 아닌데. 정당하게 공을 던진 건데도 이상하 게 그 공이 나의 잘못이 되어 넘어온 것 같다.

'뭐 하러 말했을까!'

뒤늦은 후회가 온몸을 옥죄었다. 고개를 돌리다 홍모와 눈이 마주쳤는데, 눈빛이 예사롭지 않아 식은땀이 날 지경이다.

난 겁이 많다. 그래서 누구와도 싸우고 싶지 않고 정의를 위해 비리를 널리 알리는 역할을 할 자신도 없다. 아니, 앞장서기는커 녕 근처에 있기도 싫다. 그리고 나 자신을 위해서라도 누구와도 적이 되고 싶지 않고, 선을 행하는 사람도 되고 싶지 않다. 한쪽에 치우치면 나머지 반은 잃게 되니까. 어려서부터 들어 온, 다른 사 람들과 사이좋게 지내라는 가르침대로 지내고 싶으니까!

수업이 끝나고 홍모가 나를 따로 부를까 봐 엄청 긴장했는데, 다행히 부르지 않았다. 오히려 홍모는 마치 아무 일도 없었던 것처럼 행동했다. 나도 처음엔 홍모를 피해 다녔지만, 나중엔 일부러 홍모 앞을 지나가도 아무렇지 않았다.

그리고 그날 오후, 신기한 일이 벌어졌다. 내 유튜브 팔로워가 한꺼번에 스물다섯 명이나 늘었다. 인섭을 비롯해 홍모와 함께 몰려다니는 애들이었다.

걔들은 내가 올린 영상에 호의적인 댓글을 달았다. '역시 우리 학교 여신' '연예계 접수 가능' '개 눈부시다' 등등. 나도 바보는 아니라서 홍모의 의도를 읽을 수 있었다. 홍모가 나에게 하고자 하는 말이 뭔지 잘 알 것 같아서 긴장감에 마침표를 찍고 경쾌한 환영의 댓글을 열심히 달았다.

그렇게 서로 윈윈하면서 끝을 냈지만, 솔직히 아직도 학교에서 홍모와 인섭을 보면 자꾸 그 일이 떠올라 좀 불편하다. 내가 알고 있다는 사실을 걔들이 알고 있다는 것, 그래서 나 역시 그 일의 공범이 된 것 같은 기분에 죄책감이 든다.

또 하나 신경 쓰이는 건 나를 보는 걔들의 눈빛이 왠지 호의적이지 않다는 거다. '자작극이란 사실을 덮어 줘서 고마워'가 아니라 '너도 참, 알 만하다~' 이런 눈빛이다. 나도 그 정도는 감지한다. 그래서 괴롭다. 얼른얼른 시간이 지나갔으면 좋겠다. 그 일이 잊혀지기에 좋은 그런 시간까지 말이다.

이런 약간의 찝찝함이 남긴 했지만, 결과적으로는 홍모 덕에 팔로워가 늘어서 기분이 좋다. 내 존재가 도드라지는 느낌이랄까? 하지만 그런 건 한순간일 뿐이다. 마셔도 마셔도 목마른 갈증처럼 채워지지 않는다. 새 게시물을 올렸는데 반응이 없을 땐 내 존재가 흐려지다 못해 아예 누군가 지우개로 싹싹 지워 버린 듯한 기분이 든다. 게다가 그런 날, 마침 같은 연예인 지망생의 유튜브에 들어갔는데 그 사람의 팔로워가 치솟은 걸 보면 땅이 꺼지는 것 같은 느낌도 든다. 그럴 때면 외로움과 우울감으로 미칠 것만 같다.

외로울 땐 공포물을 보라고 누가 그랬다. 그러면 등 뒤에 누가 있는 것 같아서 외롭지 않다나? 그래서 공포 영화를 봤지만 효과가 전혀 없었다.

사실 난 공포물이든 로맨스물이든, 영화든 드라마든 그 어떤 것에도 집중을 잘 못 한다. 영상을 보면서도 계속 습관적으로 폰을 스크롤 한다. 좋아요가 떴나? 안 떴나? 방금 확인했는데도 또 보게 되고, 그러니 도무지 스토리에 집중할 수가 없다. 그만하자며 폰을 뒤집어 놨다가도 다시 보고, 그러다 누군가가 좋아요를 누르면 그 사람이 누군지 확인하느라 한나절 내내 폰을 뒤적거리고, 또 내 피드에 들어가 보고.

어떨 땐 폰을 뒤적질하는 벌을 받는 기분이 들기도 한다. 그깟 좋아요가 뭐라고. 그냥 영혼 없는 1이 모이는 것뿐인데도 구걸하게 된다. '나 좀 좋아해 주라' 이런 마음으로. 어떨 땐 귀신이라도 잡아서 좋아요를 누르라고 시키고 싶을 지경이다.

누군가가 나를 좋아해 줘야 비로소 내가 존재한다는 생각, 옳
지 않다는 걸 나도 안다. 그런데 아는데도 멈추지 못하겠다면 어
떡해야 하는 걸까?

다윗과 골리앗이 함께 사는 법

낮은 포복으로 각자도생:

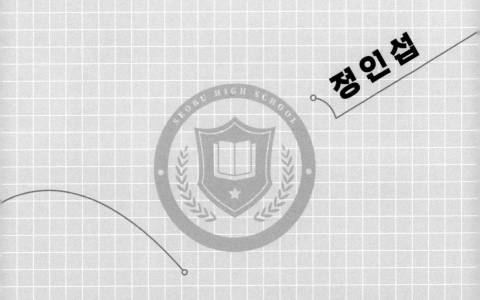

정인섭

중학생 때 '쌀보리 놀이'를 재미있게 했었다. "보리!"를 한두 번 외치면서 간을 보다 "쌀!" 하면서 손 동굴에 잽싸게 주먹을 넣었다 빼는 놀이. 우리 반에서 나와 붙은 애들은 백발백중 졌다. 친구의 손안에 빛의 속도로 들어갔다 빠져나오는 내 주먹을 보며 다들 놀라워했다.

나조차도 내 실력에 깜짝 놀랐다. 어릴 때부터 집에서 굼뜨다는 잔소리를 정말 많이 들었기 때문이다. 그런데 쌀보리를 하면서 나의 새로운 면을 알았다. 내가 잽싼 놈이란 사실을 말이다. 그 뒤로도 피시방에서 이런저런 게임을 하면서 내게 순발력과 민첩성 같은 재능이 있음을 확인할 수 있었다.

하지만 고딩이 된 지금까지도 집에서 난 여전히 굼뜬 애다. 늦게 자고, 늦게 일어나고, 씻으러 들어가서도 한나절이고, 밥을 입에 문 채로 씹지 않고 식탁에서 멍 때린다고 자주 혼난다.

하지만 "그렇게 느려 터져서 앞으로 뭐 해 먹고살 거냐"라는 꾸중을 들어도 굳이 대꾸하지 않는다. 어차피 지금은 내가 잽싸다고 내세울 수 있는 일이 고작해야 게임뿐이라, 말해 봤자 머리통만 맞을 게 뻔하다. 대신 속으로 되뇐다.

'난 느릴 수도 있고 빠를 수도 있다.'

내가 맘만 먹으면 얼마든지 잽싸질 수 있단 소리다. 그러니 집에서 느린 건 내 특성의 일부이지 전부가 아니다. 하지만 사람들은 눈에 보이는 것이 전부라고 생각하며 쉽게 오판을 한다. 그러거나 말거나, 난 나름의 방식으로 완급을 조절하면서 치고 빠지는 기술을 구사하며 나 살 궁리를 잘하고 있다.

학교에서의 내 캐릭터는 얼핏 보면 다소 지질해 보일지도 모른다. 조용하고 순둥순둥하고 물러 보이고 힘센 아이들 비위도 잘 맞추면서 낮은 자세로 모나지 않게 지내는 편이니까. 게다가 다소 부당하게 윽박지르는 아이가 있어도 절대 발끈하지 않는다. 그냥 피한다. 그러니 비굴한 놈이라고 볼 수도 있다. 하지만 이건 엄연한 나의 콘셉트고, 나만의 방식이다. 지는 싸움은 애초에 하지 않으면서 살길을 찾는 각자도생법이랄까?

실제로 우리 반 애들 중 몇몇은 나를 '주홍모 꼬붕'이라고 부른다. 꼬붕이라는 호칭 자체가 굴욕적인 건 사실이지만, 뭐, 크게 개

의치 않는다. 난 필요에 의해서 홍모와 잘 지내는 거니까. 아마 홍모도 눈치를 깠으리라. 남들이 보기엔 홍모 꼬붕인 것 같고 실제로도 홍모 앞에서 꼬붕처럼 굴지만, 내가 자신에게 결코 만만한 존재만은 아니라는걸.

쌀보리 놀이 이야기가 나와서 말인데, 홍모와 나의 관계를 이 놀이에 비유하자면 우린 가짜 쌀보리 놀이를 하고 있는 것과 다름없다. 설정된 쌀보리 놀이라고 할 수도 있겠다. 내가 늘 져 주는 게임이니까. 즉 "쌀!" 하면서 주먹을 얼른 빼는 게 아니라, 홍모의 두 손 깊숙이 내 주먹을 천천히 들이밀면서 "싸~아알" 한다. 그럼 홍모는 여유 있게 내 주먹을 잡는다. 누가 봐도 홍모가 이긴 게임인 것처럼 꾸민다.

그러니 난 졌지만, 사실은 진 게 아니다. 지는 것이 곧 이기는 것이라는 황당한 이야기를 하겠다는 게 아니다. 그냥 우린 상부상조하는 사이다. 악어와 악어새처럼 윈윈하는 사이다. 그러면 서로가 원하는 걸 가질 수 있으니까.

우리가 말을 맞춘 것도 아니다. 자연스럽게 서로를 파악했을 뿐. 분식집에 한두 번 같이 가면 그 후부터는 '얘는 삶은 달걀을 좋아하니까 난 어묵을 집중 공략해야지' 하게 되듯, 각자에게 필요한 포지션을 분담하게 된 것뿐이다. 물론 배려나 양보 차원에서 시작된 건 아니고, 공존하기 위한 자연스런 조화라고 보면 된다. 다윗과 골리앗이 함께 사는 방법이랄까?

아, 홍모가 힘센 골리앗이고 내가 작고 약한 다윗 역할을 맡은 거라고 오해해선 안 된다. 악어와 악어새가 크기는 다르지만 모두 동물이듯, 우리도 그렇다. 다만 세상 사람이 다 똑같을 수는 없는 거니까.

학기 초였나. 편의점에서 불닭볶음면을 먹다가 홍모가 애들한 테 선심을 쓰는 걸 봤다. 애들이 쪼개면서 "홍모야, 나 이거 하나만!" 하면, 그게 뭐든 홍모는 "먹어! 먹어!" 했다. 심지어 사 달라고 하지 않는 애한테도 구박까지 받아 가면서 "사 줄까?" 이러길래 딱 알아봤다.

'저 자식, 맹탕이구만?'

홍모는 덩치가 있는 편이라 처음엔 쎈 놈인 줄 알았는데, 그날 이후 찬찬히 보니 그게 아니었다. 깡패짓을 하거나 위험하게 노는 애가 아니라 그냥 허세가 쩔 뿐이었다.

옷, 신발, 자전거 등등 자랑질을 유난히 많이 한다는 건 마음속 어딘가가 비었다는 이야기다. 그런 애들은 누군가가 속을 채워주길 바란다. 자신의 빈 속이 들통나지 않게. 이게 홍모가 아이들에게 이것저것 사 주면서 돈으로 애들을 몰고 다니는 이유일 것이다.

그래서 그 무리에 나도 합류했다. 세를 이뤄 몰려다니는 아이들 사이에 끼어 있으면 여러모로 편하다. 일단 공격받을 일이 없다는 게 큰 장점이다. 적당히 어울리고 크게 튀지 않는 것. 그게 안전빵이다. 아이러니하게 들리겠지만 난 혼자 잘 지내기 위해 그런 세력에 적당히 발을 담갔다. 홍모에게 적극적으로 얻어먹고 시다바리 역도 자청했다. 급식실에서 홍모 식판을 대신 치워 준다거나 매점 심부름을 한다거나.

그랬더니 홍모도 그 뒤론 나를 꼬붕 취급하기 시작했다. 하지만 지낼 만했다. 홍모는 장난은 좀 심하지만 거친 애가 아니고, 오히려 과잉보호를 받으며 커서 유약한 편이니까. 내가 완급만 잘 조절하면 아주 좋은 파트너로 지낼 수 있는 애다.

남들이 보기엔 꼬붕 노릇을 하는 내가 속없는 놈으로 보이겠지만, 상관없다. 남들이 날 어떻게 보느냐는 중요하지 않으니까. 난 남에게 솔직하게 내 속을 열어 보이고 싶지도 않고, 그 누구와도 특별히 친해지고 싶은 마음이 없다. 그게 외롭거나 괴롭지도 않다. 그건 아쉬운 게 있는 애들이나 하는 생각이다. 난 아쉬운 게 없다. 바라는 게 없으니까.

대신 나한테 필요한 최소한의 행동은 할 줄 안다. 홍모 무리에 묻어서 게임을 하러 몰려가고, 반에서는 튀는 행동을 안 하니 조별 과제를 할 때도 다른 애들과 무난히 엮일 수 있다. 먹고 싶은 게 있을 땐 홍모에게 최대한 낮은 자세로 딸랑거리면 된다. 결과적으로 난 학교생활을 원만히 잘하는 애로 보일 것이다.

하지만 과연 정말로 그런지 생각해 보면 회의적이 된다. 톡 까놓고 말하자면, 난 그냥 그런 애로 보이게 행동할 뿐이다. 가끔은 이런 나 자신이 이중인격자처럼 느껴지기도 한다.

하지만 나 말고도 다들 그렇게 산다. 눈에 보이는 게 전부가 아니란 걸, 난 이미 중1 때 경험했다. 태어나 처음으로 궁지에 몰려 극렬한 고통을 느끼면서 깨달았다. 다들 두 겹으로 산다는걸. 아마 그 뒤부터 모두에게 선을 긋게 된 것 같다. 그것이 타인으로부터 나를 보호하는 방법 중 하나니까. 그러니 굳이 표현하자면, 이건 삶이 나에게 가르쳐 준 교훈이다.

중1, 2학기가 막 시작된 즈음이었다. 특별히 다를 게 없는 평범한 일요일 오전, 엄마와 집 근처에 있는 대형 마트에 장을 보러 갔다. 난 언제나처럼 짐꾼 역을 맡았을 뿐이라, 아무 생각 없이 덜렁덜렁 엄마만 따라다녔다.

장을 다 보고 계산 줄에 서서 폰을 들여다보고 있는데 바로 옆 라인이 시끄러워졌다. 고개를 들어 보니 대학생으로 보이는 여학생이 목청을 높이고 있었다. 계산대 직원 옆에 무전기를 든 경비원까지 서 있는 걸 보니 뭔가 문제가 생긴 듯했다. 그 학생은 어눌한 말투로 "아닙니다"를 반복하다 급기야 두 손으로 얼굴을 가리고는 큰 소리로 울었는데, 그 바람에 모든 사람의 시선이 일제히 그쪽으로 집중되었다.

그때였다. 엄마가 갑자기 내 등을 한 번 치면서 카트를 뒤로 빼라는 수신호를 하고는 옆 라인으로 뛰어갔다. 그러곤 일본어로 여학생과 이야기하기 시작했다. 엄마의 통역 덕분에 한국에 관광차 왔다는 그 학생은 절도를 했다는 누명을 벗었다.

장 본 물건을 들고 마트에서 나오는데, 우리 반 애 하나가 나를 보고 아는 척을 했다.

"야, 너네 엄마 일본어 쩔더라!"

너무 지나치게 감탄을 해서 변명하듯 말했다.

"일본 사람이니까."

"어? 진짜 일본인이야?"

"응."

그냥 캐주얼하게 팩트를 밝혔을 뿐이다. 엄마가 일본인이라는 사실은 나한테 별로 특별한 일이 아니었다. 외모가 튀어서 주목받은 적도 없고 일본어를 본격적으로 배운 것도 아닌 데다, 한국에서 태어나고 자라서 엄마의 나라인 일본에 가 본 적도 없다. 심지어 외갓집 이야기도 들어 본 적이 거의 없다.

엄마는 어릴 적 외할머니가 돌아가신 뒤로 외삼촌 댁에서 물에 뜬 기름처럼 자랐다고 한다. 그러다 성인이 되면서 바로 한국으로 와 직장을 다니다 아빠를 만나게 되었단다. 즉, 엄마는 일본에서 산 시간보다 한국에서 산 시간이 더 길다.

친할머니가 반대하는 결혼을 간신히 해서인지 엄마는 내게 일본 말을 가르친 적도, 집에서 일본 말을 쓰는 일도 별로 없었다. 자기 어린 시절 이야기도 거의 안 했다(친할머니와 함께 살아서 더 그랬던 것 같다). 게다가 부모님 중 한 명이 외국인인 애들이 대부분 이중 국적을 유지하는 것과 달리 난 일본 국적도 일찍이 포기한 상태였다.

그랬는데 그 일요일 이후, 난 학교에서 새삼스럽게 '일본인'으로 불리기 시작했다.

역사 시간에 선생님이 일제 강점기 이야기를 하다 일본을 비난했는데, 아이들이 여기저기서 수군거리기 시작했다. 그때는 그게 나를 향한 수군거림인지조차 몰랐다. 쉬는 시간에 뒷자리에서 "하이! 하이!" 이러면서 키득거릴 때도 눈치 못 챘다. 아이들은 신이 나서 놀이 삼아 나에게 "중간자" "쪽바리는 가라"라고 말했고, 느닷없이 "사과하시오!" "조상 삼백만이 도륙당했다"라며 화를 냈다. 그 당시 한참 유행 중이던 드라마가 일제 강점기 배경이어서 더 그랬으리라. 그 뒤로도 한일전 경기라도 있을 때면 "너는 어느 나라 편이냐"라며 내 숨통을 조였다.

정말 당황스러웠다. 어려서부터 익숙했던 화제였다면 그나마 괜찮았을 것이다. 하지만 그간 의도했든 안 했든 엄마가 일본인이란 사실을 밝히지 않았던 나는 애들의 행동을 어떻게 받아들여야 할지 몰랐다.

제일 큰 공포는 공격의 불씨를 끄는 법을 도저히 알 수 없다는 점이었다. 잘못한 게 있다면 사과를 하거나 그에 상응하는 벌을 받으면 된다. 오해가 있으면 풀면 된다. 이렇게 모든 문제엔 답이 있는데, 이건 답이 없는 문제였다. 심지어 내 의지와는 아무 상관 없는 출생의 문제. 난 정말이지 한 게 아무것도 없었다. 그저 이 세상에 태어난 것밖에.

이 때문인지 그때 아이들이 나에게 돌팔매질을 하는 꿈을 자주 꿨는데, 꿈속에서 난 큰 소리로 대들었다.

"야! 개놈들아, 내가 뭘 어쨌다고!"

그러면서 나도 돌을 던졌다. 꿈에선 아이들이 뒷걸음질 쳐서 도망갔지만, 현실은 꿈처럼 녹록지 않았다. 그래서 최대한 낮은 포복을 하고 이 거세고 미친 바람이 지나가기를 바랐다. 조심조심, 누구에게도 함부로 말 걸지 않고 조용조용. 그렇게 시간이 가는 걸 견뎠다. 매일매일 해가 규칙적으로 지는 게 새삼 고마울 정도였다.

그랬는데 2탄이 터졌다. 이번엔 사회 수업 시간에 내가 또 다른 이름으로 동원되었다.

다문화. 대체 누가 만든 말일까? 방송에서도 자주 언급되고 글짓기 소재로도 많이 쓰인다. 다만 전엔 그냥 지나칠 수 있었던 말인데 이젠 상황이 달라졌다. 물론 좋자고, 화합해서 같이 한데 어울려 잘 살자고 만든 말이겠지만, 내겐 폭력처럼 느껴졌다. 결코 의도하진 않았지만 누군가는 상처를 입게 되는 장난처럼.

수업 시간에 다문화를 주제로 이야기하면서 그들을 도와줘야 한다는 식의 논조가 전개되면 졸지에 동물원 원숭이가 된 기분이 들었다. 우리나라는 이미 다문화 사회로 오천백만 명 인구 중 이백만 명이 외국인이고 결혼하는 열 쌍 중 한 쌍이 다문화 가정을 이룬다, 이제 다문화는 보편적인 현상이다, 이런 식의 팩트 나열이면 괜찮은데 그게 아니다. 선생님들은 마치 다문화가 하나의 종족인 양 말했다. 다문화에 속한 아이들을 가리킬 때의 어감엔 알게 모르게 비하가 섞여 있었다. 그건 분명한 차별의 언어였다. 그리고 난 그냥 한국인이었는데, 어느새 다문화인이 되었다.

어느 날, 우리 반 어떤 자식이 나를 놀렸다. 그놈은 얼핏 보기엔 의리 있고 화통한 아이라 애들 사이에서 인기가 많았는데, 이상하게 나한테만 집요하고 교묘하게 못되게 굴었다. 그날은 나를 향해 입을 뻐끔거리면서 질척거렸다. 그냥 보면 해맑게 웃고 있는 것처럼 보이지만 입 모양으로는 분명하게 '쪽다'라고 했다. '쪽바리 다문화'란 소리다. '쪽' 하면서 입술을 쑥 빼고 '다'에 턱을 떨어뜨리는 모습이 재미나 보였는지, 전염병처럼 바로 몇몇 애들이 따라하기도 했다.

아이들의 놀림을 줄곧 꾹 참아 왔지만, 그날은 임계점에 이르러 나도 모르게 책상을 발로 찼다. 그놈과는 거리가 있었기에 그냥 나 혼자만의 분노 표현이었다. 절대 공격이 아니었다. 그 애는 괜히 오버하면서 피한답시고 몸을 틀다 혼자 자빠졌다. 그때까지만 해도 나를 포함한 몇몇 아이들은 그걸 보고 쌤통이라는 표정을 지어 보였다. 자기 혼자 넘어진 거니까.

그런데 그놈이 넘어진 채로 갑자기 나를 보면서 "야! 뭐야!"라고 소리쳤다. 마치 내가 자기를 밀었다는 듯이. 어이가 없어서 할 말을 잃고 가만히 서 있었다. 놈은 발을 삔 건지 일어나지 못하고 마치 총이라도 맞은 듯 악악거리며 비명을 질러 댔다. 그 바람에 마침 복도를 지나던 교감 샘이 교실에 들어왔고, 난 졸지에 난폭한 가해자가 되었다.

대개 뭔 일이냐고 사건의 전후 사정 정도는 묻는데, 교감 샘은 묻지도 따지지도 않고 오로지 나에게 눈을 부라리며 말했다.

"학생, 폭력을 쓰면 되나?"

억울했다. 폭력을 쓰다니? 그때 지나가던 학생 주임이 오더니 다짜고짜 나에게 따라오라며 소리쳤다. 학생 주임 역시 무슨 일인지 알아볼 생각조차 없어 보였다. 결국 난 교무실에 가서 담임 샘에게 눈물로 호소했고, 우리 반 여자애들 몇몇이 옆에서 내 편을 들어 줘서 다행히 정상 참작이 되었다.

그렇게 사건이 무마되었다면 좋았겠지만, 다음 날 그놈의 엄마가 학교에 와서 난리를 쳤다. 애가 다리에 반깁스를 했고 병원에서 한 달 이상은 갈 것 같다고 했다면서, 과학 경시대회를 앞두고 있는데 이 일로 인해 정신적, 경제적 피해가 막대하다며 분통을 터뜨렸다. 교무실도 안 거치고 바로 교장실로 가서 부린 권력형 진상질이라 난 또다시 불려 가야 했다. 이번엔 교장실로.

어찌 되었건 내가 책상을 찬 건 사실이니 그 행동에 대해서 반성문을 쓰고, 병원비를 보상해야 한다는 방향으로 이야기가 진전되었다. 그놈이 혼자 넘어져서 다친 일이건만 '폭력을 대하는 교육적인 차원'이라는 거창한 명분을 내걸면서 자분자분 이야기를 늘어놓는 그 애의 엄마와 시종일관 고개를 끄덕이며 듣는 교장 샘 때문에 속에서 불이 나는 거 같았다. 그래서 나도 모르게 그 애 엄마의 말을 끊고 내질렀다.

"싫은데요?"

너무 얼척이 없어서 튀어나온 소리였다. 하지만 난 치명적인 실수를 한 것이 분명했다. 입 밖으로 말이 나오는 순간 깨달았다. "아니에요. 걔가 혼자 넘어진 거예요"라고 했어야 했는데 "싫은데요?"라니. 그건 내가 잘못했지만 결과는 책임지지 않겠다는 소리인데. 하지만 이미 나온 말을 주워 담을 수도 없었거니와 내 안에서 들끓는 분노가 너무 커서 정정할 여유도 없었다. "그게 아니고요"란 말이 왠지 비굴하게 여겨졌기 때문이다.

"······싫다고?"

그게 아니라고 말하라고 머리는 명령했지만, 마음은 이미 돌덩이처럼 단단해져 난 분노의 콧김만 뿜어 냈다. 그러자 그 애 엄마가 이어 말했다.

"교장 선생님, 이 애 말 들으셨죠? 제가 왜 이 일을 그냥 넘길 수 없는지 아시겠죠?"

그래도 상담실에서 만난 담임 샘은 전날에 이어 또다시 내 이야기를 다 들어 주었다. 이 일이 벌어지기 전부터 아이들이 나를 어떻게 놀렸는지, 그래서 '쪽다'라는 소리에 책상을 발로 찰 수밖에 없었다는 것과 절대 공격한 게 아니었단 이야기까지 전후 사정을 다 들어 주었다. 샘이 이야기를 들어 준 것만으로도 숨이 제대로 쉬어지는 것 같았다. 돌덩이 같던 분노도 가루가 되어 기화될 것 같았다. 그래서 "억울하겠지만 일단 반성문은 쓰자"란 샘의 말대로 하려고 했다.

하지만 상담실에 학생 주임이 들어오며 담임 샘과 나누는 눈빛을 본 순간, 순식간에 마음이 다시 구겨져 버렸다. 잘못 본 게 아니었다. 분명 둘은 서로 눈을 찡긋거렸고, 담임 샘은 입 모양으로 '됐다'라고 했다.

집으로 가는 길 내내 궁지에 몰린 듯한 기분이 들었다. 그리고 담임 샘이 어제에 이어 오늘까지 내 말을 들어 준 건 시시비비를 가리기 위해서가 아니라, 일을 빨리 마무리하기 위한 방법일 뿐이었다는 생각이 들어 배신감에 휩싸였다. 입 안에 욕이 저절로 고였다. 걸으면서 누구에게랄 것도 없이 쌍욕을 뱉어 냈다. '가만있지 않을 거야'란 생각도 막연하게 했다. 그래도 집에는 내 편이 있으니 이 억울함을 풀 수 있을 거라고 믿었다. 하지만 그런 일은 없었다.

집에 도착하자마자 엄마에게 억울하다고 호소했다. 난 반성문을 쓸 수 없고 병원비도 물어 주면 안 된다고 강력하게 말했지만,

엄마는 이미 담임 샘과 통화를 한 건지 시종일관 쉽게 가자고 했다. 그 애 엄마가 학부모회 간부라며, 괜히 학폭 심의회라도 열면 어쩌냐며 긁어 부스럼을 만들지 말자고 했다. 그러면서 세상이 얼마나 무서운지 아느냐고 했다가 그러게 왜 폭력적인 행동을 했냐고 나를 비난하기도 했다. 친구가 다쳤으면 미안하다고 하는 건 당연한 일인데 어떻게 눈을 똥그랗게 뜨고 어른들 앞에서 싫다고 할 수 있냐며 야단을 치고, 그런 무례한 행동을 한 것까지 반성문에 쓰라고 했다.

정말 기막힌 사실은 엄마가 이 모든 이야기를 할머니나 아빠가 알면 좋을 게 없다며 속삭이듯, 귓속말하듯이 말했다는 거다. 난 억울해서 비명이라도 지르고 싶었지만 입도 뻥끗 못 했을 뿐 아니라, 입에 검지손가락을 대고 소곤거리는 엄마를 보면서 전의를 완전 상실했다. '게임 아웃!'이란 말이 저절로 떠올랐을 정도로. 그렇지 않은가. 집에서도 저렇게 소곤대는 우리 엄마와 교장실까지 와서 악악거리는 그놈의 엄마. 둘은 게임이 안 된다. 결국 난 피해자인데 가해자가 되었다. 반성문도 썼다.

그 일 이후로 한동안 아무것도 하고 싶지 않았다. 그래서 정말로 아무것도 하지 않았다. 내 행동을 두고 이래야 한다 혹은 저래야 한다 식의 생각도 그 뒤로 하지 않았던 것 같다. 애들이 쪽바리라고, 다문화라고 놀려도 화도 안 났다. 반응이 없어서인지 날 놀리는 애들은 서서히 없어졌다.

그렇게 지내다 고등학교에 진학할 즈음 운 좋게 강 건너로 이사를 하면서 다문화라는 멍에와 쪽바리란 굴레로부터 벗어날 수 있게 되었다. 고등학교에 와서는 절대 나를 노출하지 않았다. 누구에게도 내 이야기를 털어놓지 않았다.

그때부터 난 학교가 평등하지 않다고 생각했다. 학교만이 아니라 더 나아가 사람들이 모인 곳은 전부 기본적으로 평등할 수 없다고 받아들였다. 그래서 일찌감치 포기한다는 마음으로 괜히 호기 부리거나 싸우지 않고 조용히 사는 방법을 찾았다. 아니, 내가 내 의지로 무언가를 찾은 적은 없다. 그냥 주위를 둘러보고 필요한 부분에 나를 끼워 넣었다.

주홍모와의 가짜 쌀보리 놀이도 내가 선택한 끼워 맞추기다. 학교라는 사회에 적응하기 위한 하나의 방법. 소극적인 방어지만 그게 나를 안전하게 만드는 방식이라고 생각했다. 그런데 시간이 지날수록 쌀과 보리의 키가 점점 자라듯이, 처음에 끼워 맞춘 채로가 아니라 원치 않는 방향으로 상황이 변질되기 시작했다. 내가 롤에 맛을 들이면서부터다.

롤을 하느라 피시방에 가는 빈도가 잦아지다 보니 돈이 필요해졌다. 사실 피시방비만이라면 그리 큰돈이 필요한 건 아니다. 용돈과 저녁값으로 받은 돈까지 다 몰빵하면 된다. 저녁은 편의점에서 홍모한테 얻어먹는 것으로 충분히 해결이 되니까.

문제는 모바일 상점에 들락거리게 되면서부터였다. 롤 아이템을 구입하는 데 돈이 많이 필요해졌다. 미니언을 잘 먹거나 킬을 많이 따는 정석적인 방법으로는 만족이 되지 않았다. 롤 스킨 하나 사는 데 이천 RP가 드니, 스킨을 살 때마다 이만 원 이상이 필요했다.

아무리 머리를 굴려 봐도 돈 나올 구멍이 없어서 발을 동동 구르고 있는데, 피시방에서 알게 된 애가 신종 알바를 해 보지 않겠냐며 나를 꼬셨다. 간단한 문자 알바를 하면 주당 오만 원을 벌 수 있고, 친구를 추천하면 오천 원을 더 받는다며 망설일 필요 없다고, 빨리 내 번호를 달라고 졸랐다.

마침 옆에서 그 이야기를 들은 홍모가 미쳤냐면서 내 머리통을 후려쳤다. 그 알바 진짜 위험한 거라고 펄펄 뛰면서 "그거 불법 문자 전송하는 텔레그램 문자 알바다. 한 방에 골로 가고 싶으냐"라며 나를 닦달했다. 그러곤 먼저 돈을 꿔 주겠다고 제안을 했다. 그다음 주가 아빠 생신이라 고모들이 오면 용돈이 생길 게 확실해서, 그때 갚자는 생각으로 냉큼 오만 원이나 꿔서 썼다.

하지만 정작 용돈을 받은 뒤엔 마음이 달라졌다. 돈을 갚기가 싫어졌다. 그사이에 사고 싶은 아이템이 또 생겼기 때문이다. 그래서 나중에 갚겠다고 미룬 상태에서 홍모에게 밥값을 꾸었고, 이를 반복하다 보니 꾼 돈의 액수가 점점 커졌다. (나도 나지만, 쉽게 꿔 주는 놈도 문제다. 그래도 이자를 받는 다른 애들과 달리 홍모는 이

자를 안 받으니 개꿀이긴 하다.)

그렇게 십오만 원이란 거금을 빌린 채무자가 되자, 홍모에게 영혼까지 끌려다니는 기분이 들기 시작했다. 전엔 내가 원할 때마다 완급을 조절할 수 있었고 주홍모도 내가 선택한 놀이 파트너일 뿐이었는데, 꾼 돈이 많아지고 또 게임 아이템을 더 갖고 싶다는 욕구에 치이다 보니 나도 모르게 홍모에게 더, 더, 더, 더 잘 보이고 싶다는 마음이 들어 진짜 비굴해지기까지 했다. 전엔 비굴해 보이는 척이었다면 이제는 진정한 비굴함 그 자체가 된 것이다. 그러다 보니 마음까지 힘들어졌다.

주홍모가 스포츠 토토에 발을 들이면서 상황은 더더욱 악화되었다. 나에게까지 그 여파가 미치기 시작한 거다. 홍모는 스토로 돈을 몇 번 따는 거 같더니 어느새 세뱃돈을 모은 통장까지 다 털렸다면서 징징대기 시작했다. 말로는 본전만 찾으면 된다고 했지만, 이미 놈은 도박하는 맛에 푹 절어 있었다. 본전 찾기는 그냥 명분일 뿐이었다.

총알이 궁해서 쩔쩔매던 홍모는 마침내 나한테 돈을 갚으라고 독촉하기 시작했다. 하지만 나도 돈 나올 구멍이 없으니 갚을 길이 막막했다. 애들이 자주 쓰는 돌려막기 방법을 따라 하자니 그건 이자가 눈덩이처럼 불어서 압사당하기 딱 좋은 구조라 섣불리 발을 들이기가 싫었다. 그 정도 분별력은 있으니까. 그래서 돌파구를 찾으려고 머리를 굴리다가 떠오른 게 홍모의 자전거였다.

애들은 종종 자기 운동화나 안 쓰는 게임기 같은 걸 중고나라에 팔아먹었다. 집안 물건을 팔아먹는 건 나쁜 짓이지만 자기가 안 쓰는 물건을 내다 파는 건 재활용이고, 아나바다 운동의 일종이고, 나아가 환경 보존에도 일조하는 바람직한 일이라고 합리화까지 했다. 그래서 나도 별 죄의식 없이 캐주얼하게 한물간 아이템인 자전거를 팔면 어떻겠느냐고 제안을 했다. 홍모에게 총알이 생기면 꾼 돈을 당장 갚지 않아도 된다는 게 내 발상의 전부였다.

그런데 그다음부터가 그리 간단하지 않았다. 내 제안을 들은 홍모가 반색을 하며 구체적인 방법을 궁리하기 시작하자, 그제야 여러 가지 경우의 수를 생각해야 한다는 걸 깨달았다. 그에 맞는 대안들을 찾으려니 여간 복잡한 게 아니었다. 심지어 위험 부담도 있고, 일정 부분은 내가 책임지게 될지도 모른다고 생각하니 괜한 말을 한 건가 싶어 후회가 되었다.

하지만 뱉어 놓은 말을 다시 거둬들이기도 힘들었다. 왜냐, 자전거를 팔고 난 후의 청사진, 즉 거금이 들어온다는 사실에 홍모가 이미 충분히 현혹된 뒤였으니까. 그리고 홍모는 요새 전동 킥보드에 마음이 가 있는 상태라 자전거에 큰 애착이 없었다.

결국 우리는 거의 한 시간 넘게 밀도 높은 회의를 해야 했다. 경우의 수를 제대로 파악하지 못하면 우리 둘 다 덫에 걸릴 수 있으니까.

문제는 홍모의 자전거가 워낙 고가품이라, 홍모네 집이 아무리

부자라 해도 그냥 잃어버렸다고 말하고 딱! 끝낼 수 있는 게 아니란 점이었다. 부자들은 자기들에게 쓸 때는 흥청망청이 가능해도 남들에게는 한 푼도 호락호락 털리지 않는 게 생리라고 들었다. 그리고 바로 그 생리 때문에 부자가 되는 거라고도 했다. 아무튼 편의점 앞이나 학원, 혹은 길거리 어딘가에 자전거를 세워 놨다가 잃어버렸다고 하면 경찰에 신고할 수도 있고, 그러면 요샌 도로 구석구석에 CCTV가 있으니 자작극인 게 들통나기 쉽다는 결론이 섰다. 그러니 차라리 학교 안에서 잃어버렸다고 하는 게 나을 거 같았다.

일단 학교 내에서의 절도는 학교에서 자체적으로 해결을 하려 할 테니 시간을 벌 수 있다. 학교엔 CCTV도 많지 않다. 무엇보다 얼마 전에 체육관 쪽 간이 창고 보수 공사를 할 때 인부들이 사다리로 CCTV를 건드려서 먹통이 되었다고 경비 아저씨가 이야기하는 걸 들은 기억이 났다.

그래도 혹시나 해서 확인 사살차 우리는 CCTV 주변을 배회해 봤다. 학교 정문 쪽과 자전거 보관소를 비추는 체육관 쪽의 CCTV는 확실히 상태가 달랐다. 홍모는 인터넷으로 CCTV에 대해 이미 연구를 했는지 대번에 체육관 쪽 CCTV의 문제점을 짚어 냈다.

"보통 외부형 카메라를 설치할 땐 배선을 하이박스란 거 안에 넣어 둔다는데, 저긴 노출로 마무리해 놨어. 보이지? 저 선 부식

된 거?"

덕분에 홍모의 자전거를 무사히 밖으로 내보내 팔아먹을 수 있었다. 그걸로 끝났다고 생각했는데, 갑자기 뒤처리를 해야겠다고 홍모가 말했다.

"아, 씨! 의외로 엄마가 난리를 쳐서……. 학교에 전화까지 할 줄은 몰랐네."

고로, 학교 안에서 자전거를 잃어버렸다는 사실을 공공연하게 알려야 한단다. 그래야 자신이 자전거를 도둑맞았다는 것이 진짜로 인정받을 거란다. 그러려면 약간의 연기가 필요하다면서, 나한테 그 알리바이용 역할극을 같이해 달라고 했다.

"간단해. 내가 널 쪼면, 넌 욕먹는 걸 보여 주기만 하면 돼."

나는 원래 학교에서 홍모의 꼬붕처럼 지냈으니 그 역할이 새삼스러울 것도 없었다. 하지만 작위적으로 그런 행동을 해야 한다니 전혀 내키지가 않았다. 뒤로 홍모와 사바사바하는 것과 대놓고 반 아이들 보는 앞에서 욕먹는 연기를 하는 건 다른 문제니까.

싫다는 내 말에 홍모는 완전 어이없어 했다.

"지랄! 싫다고? 왜?"

"연기는 내 체질이 아니라."

어차피 안 믿겠지만 우스갯소리로 둘러댔다.

"개소리 마!"

"아, 진짜 싫다고!"

"네가 자전거 옮긴 거 까먹었냐? 너한테 이건 선택의 문제가 아니야."

홍모가 학원에 가는 날이어야 알리바이가 성립되기에, 내가 홍모 대신 자전거를 후문까지 옮겨 놓았었다. 돈 갚을 일이 막막해서 한 제안에 이렇게까지 단단히 발이 묶이게 될 거라곤 미처 생각 못 했다. 단타로 끝나지 않고 장타로 뭔가를 하자니 완전히 범죄자가 되는 것 같은 기분이 들어 찝찝해졌다. 그래서 홍모에게 생전 안 부리던 짜증을 냈다.

"아, 됐다구!"

내 말에 홍모는 눈을 부라렸다. 한 대 칠 기세다.

"뭐가 돼? 까라면 까, 새꺄!"

"씨발! 자전거 옮겨 줬으면 됐지, 뭘 더 바라?"

그러자 홍모가 나를 보더니 씨익 웃었다. '갑자기 뭐지?' 하는데 대번에 뒷말을 잇는다.

"짜식~, 그냥은 싫다는 거구만?"

그러면서 내가 꾼 돈을 절반 까 주겠다고 했다.

"그럼 8 남는 거다."

절대 내가 의도한 바가 아닌데도 홍모의 말을 듣자 머릿속에서 자동으로 계산이 되기 시작했다.

"반이면 7.5잖아."

"쪼잔한 놈!"

그렇게 딜을 하고 교실에서, 반 아이들이 다 보는 앞에서 연기를 했다. 홍모가 내 의자를 발로 차면서 시비 거는 걸 참고 견디다 약간 폭발하는 장면까지.

연기인데도 모욕을 당하는 기분이 들어 진짜 폭발했다. 물론 홍모는 내가 가짜로 그러는 줄 알았겠지만, 사실은 정말로 화가 났다. 홍모를 한 대 치고 싶을 정도로. 자전거와 무관하게 이런 상황에 내가 깊숙이 들어와 있다는 사실에 진심으로 짜증이 났으니까. 내가 왜 저딴 놈이랑 친한 척하면서 지낸 건지, 왜 돈을 꿔 가면서까지 게임 아이템을 사서 이따위로 엮여야 하는 건지, 이렇게 싫은데도 앞으로도 홍모와 공범으로 계속 남게 될 게 불을 보듯 뻔하다는 것 등등 이래저래 화가 나서 미칠 것 같았다. 열이 올라 귀가 빨개질 정도였다.

그런데 쉬는 시간에 정하윤이 화장실 가는 내 뒤를 따라오며 속삭였다.

"정인섭, 네가 가만히 있으면 진짜 가마니인 줄 안다구! 그니까 참지 말고 재 확 물어 버려! 알았지? 경계 설정을 하라구!"

나하고는 별로 말해 본 적도 없던 아이인데, 정하윤은 마치 친누나라도 된 듯이 내 편을 들어 주면서 진심으로 분개했다. 뭐라 설명할 수 없는 복잡미묘한 기분이 들어 멍해졌다.

그다음 날에도 그랬다. 주홍모가 점심시간에 교실 뒷문을 열고 "인섭, 내 체육복 바지 좀 갖고 와"라고 소리쳐서 책상에 엎드려

졸고 있다가 일어나려고 하니까 하윤이 잽싸게 내 쪽으로 와서는 못 일어나게 등을 눌렀다. 내가 '어?' 하는 사이 복도에 있던 홍모가 창문으로 얼굴을 디밀고 또다시 "야! 새꺄, 뭐 해?"하고 소리쳤는데, 하윤이 대꾸했다.

"인섭이 자. 넌 다리가 없냐? 네 건 네가 가져가!"

또 기분이 묘했다. 내 등에 닿는 하윤의 손바닥 온기가 느껴졌다. 동시에 하윤의 교복 치마에서 풍겨 오는 섬유 유연제 향이 내 코를 자극해 살짝 아찔해졌다.

이성에 대한 설렘? 그런 건 절대 아니다. 물론 정하윤이 여자애니까 이성인 건 맞고, 약간의 흔들림은 없지 않았으리라. 하지만 정확히 집어내자면 이성애보다는 좀 더 원초적인, 사람의 온기가 주는 감정 때문이었다. 보호받는 존재로서의 안온한 기분이랄까? 지지받는 느낌, 그래서 뭐든 할 수 있을 것 같은 자신감 그리고 기대에 부응해야 한다는 의무감까지. 내가 만약 홍모와 이런 일로 엮여 있지 않고 연극 따위를 하는 중이 아니었다면, 진짜 하윤의 말대로 나를 가마니로 취급하는 놈들을 확 물어 버릴 수도 있을 것 같았다.

'너네가 뭔데 나를?'

중학생 때 꾼 꿈에서처럼. 이유 없이 나를 해치는 놈들에게 마구잡이로 돌을 던지던 그때처럼.

난 책상에 볼을 대고 누운 채로 나도 모르게 그 기억 속으로 달려가 혼자 주억거렸다.

'너네, 다 죽었어!'

울컥했다. 가슴 저 아래 깊은 데서부터 올라오는 울컥. 그때의 억울함이 다 사라진 줄 알았는데, 그게 아니었나 보다. 과거는 그냥 사라지는 게 아니라 흔적을 남긴다는 말이 맞았다. 아마 그때 엄마가 내 편만 들어 줬어도 그렇게 상처만 받고 끝나지는 않았으리라. 하윤처럼 가만히 있지 말라고 해 줬다면, 아니면 "엄마가 네 편을 들어 줄게"라고만 했어도. 아니, 하다못해 내 억울함을 읽어 주고 토닥여만 줬더라도 좋았을 텐데.

그날 이후로 난 좀 더 괜찮은 사람이 될 수 있을 것만 같았다. 하지만 그건 그저 생각에 불과했다.

안타깝게도 현실의 난 홍모와 같은 배를 타고 있다. 그 배를 전복시킬 힘도 없고, 배에서 몰래 내려 혼자 내뺄 수도 없다. 그게 너무 마음이 아팠다. 이러지도 저러지도 못하는 내가 되어야 하는 현실. 그리고 그 현실은 조금씩 더 견고해져 갔다.

학교에서 홍모의 자전거를 훔친 자는 자진 신고하라는 공고문을 붙였다. 난 제발 이 상황이 빨리 지나가기만을 기다렸다. 그런데 학교는 자수할 때까지 기다린다면서 시간을 줬다. 절대 자수할 리 없는, 아니, 자수할 놈이 존재하지 않는 이 상황에서 제일 괴로운 건 나였다. 물론 홍모도 마음이 편치는 않았겠지만.

게다가 학생 주임이 자꾸 우리를 불러내 이것저것 물어봤다.

육하원칙에 입각해서 사건 개요를 말해 보라는 둥, 의심 가는 놈은 없냐는 둥. 진정으로 자전거를 찾아 주려고 하는 건지 아니면 이 사건이 우리의 자작극임을 눈치채고 진위 여부를 캐 보려는 의도인지는 잘 모르겠지만 말이다.

학생 주임이 부를 때마다 홍모는 나에게 와서 당부했다.

"너, 말실수하지 마."

열이 뻗쳤다.

"아, 재수 없게……. 너 땜에 이게 뭐냐구!"

"이게 왜 나 때문? 네가 등 떠밀었잖아?"

"내가 언제? 나야 그냥 어쩌다 이런 방법도 있다 말해 준 것뿐, 네 자전거랑 나랑 뭔 상관?"

그러자 홍모가 진지하게 톤을 낮춰 말했다.

"너, 행정 복지 센터 앞에 붙은 플래카드 못 봤냐? 거기 이렇게 쓰여 있어. '실수로 낸 산불, 그 실수도 처벌받습니다'. 새끼야, 걸리면 너도 빼박이야."

"아, 씨!"

"그리고 정인섭, 너랑 내 자전거랑 왜 상관이 없냐? 이거 순전히 네 아이디어로 시작한 일이야. 결정적으로, 내가 네 돈 까 주기까지 했잖아."

너무나 화가 났다. 물귀신처럼 어떻게든 날 끌고 들어가려는 홍모가 얄미웠다. 중학교 때 혼자 넘어져 놓고 내 잘못으로 덮어

씌운 그놈처럼 저놈도 내가 시켜서 한 거라고 말을 바꿀지도 모른단 생각까지 들었다.

"야! 네가 돈 까 줬단 증거 있냐? 내가 15 다 갚으면 그만이잖아. 막말로 자전거 팔아서 지 혼자 다 먹을 거면서……."

열받아서 한 말인데 홍모는 다르게 받아들였다.

"아, 새끼, 멍청한 줄로만 알았더니 음흉한 데가 있네. 협박할 줄도 알고."

"협박은 뭔 협박?"

"그렇잖아. 귀찮은 일이 자꾸 생기니 돈 더 달란 소리 아니냐?"

그런 건 아니었지만, 굳이 부정하고 싶지 않았다. 이미 나온 말이니까. 잠자코 있다가 내친김에 돈이나 받자 싶었다. 이거 받고 걸리나 저거 받고 걸리나 어차피 똑같다면, 더 받는 게 남는 장사란 생각이 휘리릭 들었다.

"그럼 더 주든가. 근데 까는 거 말고, 입금되면 현금 주기."

떫은 표정으로 알았다는 홍모를 뒤로하고 교실 쪽으로 가려는데, 아래층에서 올라오던 하윤이 손에 쥔 바나나 우유 두 개 중 하나를 나에게 건넸다.

"인섭아, 이거!"

이번에도 순식간에 복잡미묘한 감정이 올라왔다. 하지만 지난번과는 성분이 완전히 달랐다. 고맙고, 짜증 났다. 이젠, 아니, 영원히 정하윤과는 다른 노선을 걷는 사람이 된 것 같아서, 짜증이 났다. 나에게 쓸데없이 아는 척하고 호의를 보이는 정하윤에게.
그래서 퉁명스럽게 말하고 획 돌아섰다.

"안 먹어."

그 뒤로도 하윤이 아는 척을 할까 봐 피해 다녔다. 복도 맞은편
에서 오면 턴을 하고, 급식실에서도 걔가 앉은 곳과 멀리 떨어진
쪽에 가서 앉았다. 오버액션이란 건 나도 안다. 정하윤이 내가 좋
아서 일부러 날 찾아다니면서 호의를 베푸는 게 아니란 것쯤은,
나도 안다. 약자에 대한 동정심이거나 걔가 가진 알량한 정의감
의 실현 대상이 나인 거겠지. 그렇게 생각하니 새삼 정하윤이 재
수 없다. 절대 호의를 받지 않으리라.

이런 생각을 확실하게 못 박기 위해 일부러 홍모에게 하윤의 뒷
담을 했다.

"쟤 잘난 척 오져서 재수 없지 않냐?"

"왜? 잘나서 잘난 척하는데 뭐 어때? 못난 애가 잘난 척해야 재
수 없지."

멋있는 척하는 주홍모. 그래서 이렇게 답했다.

"아~, 어쩐지. 그래서 네가 재수 없는 거네~."

어쨌거나 다시는 정하윤이 호의로 펼친 그물에 걸리지 않으리
라 결심했다. 그래야 홍모에게 돈 받는 일이 편해질 것 같았다. 그
리고 돈이 필요하기도 하니까. 그래서 정하윤이 보든 말든 개의
치 않고 홍모에게 딸랑거리기를 계속했다. 그 애가 한심한 놈이

란 표정을 짓는 듯했지만, 그 역시 무시했다.

난 이렇게 계속 살 거다. 이게 내가 사는 방법이니까. 어차피 타고난 골리앗은 골리앗으로 살게 되어 있고 다윗은 다윗 몫의 역할을 하면서 살아야 한다. 새삼스럽게 나는 이런 애가 아니었다면서 다른 애로 살려고 몸부림쳐 봤자다.

그리고 남들에게 일일이 설명하고 싶지도 않다. '못 하는 게 아니라 안 하는 것'이란 걸 굳이 주위에 알리고 싶지 않다. 그건 중요한 게 아니니까. 다들 결과만 중요하게 생각하니까. 결과만 보고, 결과만 유용하다고 생각하고, 결과로 모든 게 결정된다. 결과로 합격, 불합격이 갈리고 사람의 운명도 갈린다.

윗집 형은 삼 년 내내 전교권에서 놀다가 하필 수능 날 아파트 8층에서 불이 나서 밤새 대피하고 어쩌고 하다 수능을 망쳤고, 결국 재수를 해야 했다. 그런데 재수 학원에 다니던 형이 어느 날 술이 떡이 돼서 엘베 앞에 자빠져 있는 걸 보고 아줌마들이 혀를 차며 이렇게 이야기했다.

"삼 년 우등생이었던 게 다 뭔 소용이야?"

난 형을 씹는 아줌마들을 보면서 강한 적의를 느꼈다. 결과만 놓고 약한 자를 돌려까기 하는 야비한 인간들이란 생각을 했다. 엘베에서 마주치는 어른들에게 인사를 안 하게 된 게 아마 그때부터인 거 같다.

그렇다고 꼭 집어 세상 어른들에 대한 적개심 때문에 이런 생각을 한다는 것은 아니다. 그냥 삶이 뭐(?) 같단 마음에서 오는 시니컬함이랄까? 나도 비슷한 어른이 될 거 같단 생각이 막연하게 들기도 하니까.

정하윤과는 그렇게 차차 관계가 정리되었는데(사실 관계랄 것도 없었지만), 웃기는 건 주홍모가 자전거 판 돈을 받고 난 뒤에 날 쌩까기 시작했다는 거다. 물론 나도 화장실 들어갈 때랑 나올 때 마음이 다르다는 걸 안다. 내가 꾼 돈을 갚기 싫어했듯이 홍모도 다르지 않다는 걸 이해는 한다. 하지만 이제 홍모 엄마도 포기한 자전거 도난 사건을 아직도 학생 주임만 미련을 못 버리고 들쑤시고 있는 지금, 그래서 내가 자꾸 홍모와 세트로 불려 다니고 있는 이 마당에 약속한 돈을 안 주는 건 배신이란 생각이 든다.

그래서 한두 번 싸웠다. 그러다 우리 반 손지희한테 들킨 적도 있었는데, 다행히 무사히 넘어갔다. 정확히는 홍모가 지희에게 대가를 치른 듯하다. 하지만 그놈이 나한테는 끝까지 버틴다.

"솔직히 자전거값 얼마 받지도 못했는데 꾼 돈도 까 주고 현금까지 주는 건 무리야."

"남아일언중천금, 모르냐?"

"몰라."

"남자가 말을 뱉었으면……."

"그게 뭐가 중요해? 그까짓 말 뱉은 거보다 난 당장 내 주머니

털리는 게 더 중요해!"

"졌다, 졌어."

"그래. 그러니까 패스!"

이런 식으로 살살 피해 다닌다.

사실 돈을 못 받는 것보다 돈 때문에 내가 여기까지 끌려온 것 같단 생각에 화가 날 때도 있다. 어디서부터 잘못된 건진 모르겠지만, 잘못된 게 분명하단 생각이 들어 자꾸만 괴로워진다. 아니, 냉정하게 생각해 보면 돈을 못 받아서 약이 올라 이런 생각을 하는 건지도 모른다. 자전거를 팔아먹는 그 지루하고 어려운 과정을 같이 겪었는데 나만 보상을 못 받아서 억울한 것도 있을 거다. 꾼 돈을 까 준 건 돈이 아닌 것 같단 아이러니한 생각 때문일지도 모른다.

한동안 죄책감과 억울함 사이를 왔다 갔다 했다. 하지만 홍모가 현금을 주겠다는 약속만 지켰다면 이런 일을 벌인 나에 대해 죄책감 따위는 안 갖지 않았을까 싶었다. 결국 안 주고 개기는 놈을 어쩌지 못해 괴롭지만 다 잊고 지내야겠다고 결심하고 홍모와 서서히 거리를 두었다.

솔직히 말하면 홍모 쪽에서 나를 더 피하는 눈치다. 개털인 나보다는 스토를 전문적으로 하는 애들과 더 많이 어울려 다닌다. 홍모 입장에서는 나 같은 꼬붕은 이제 별로 효용 가치가 없는 듯하다.

그나저나 홍모는 전엔 반에서 소소한 장난이나 치는 개구진 캐릭터였는데, 이젠 거의 도박에 중독된 애 같다. 온라인 세계에서 빠져나오지 못하는 것처럼 보인다. 얼굴도 피폐해지고. 말로는 매번 "내가 스토를 또 하면 개새끼다!"라고 떠들지만, 내가 보기엔 이미 개새끼의 경지를 넘어 개 그 자체가 된 지 오래다. 나뿐만이 아니라 우리 학교 애들 중 아는 애들은 다 안다. 그래서 더더욱 홍모와 거리를 두고 지냈다.

　홍모에게 꾼 돈? 물론 아직 못 갚았다. 그걸 갚아야 관계가 확실하게 정리될 거라는 생각은 하지만, 실행에 옮기기는 쉽지 않다. 요새 집안 사정이 안 좋아져서 피시방비도 없는 형편이다. 사실 피시방에 너무 가고 싶을 때면 홍모한테 아는 척을 해 볼까 하는 유혹도 더러 느낀다. 거절당할까 봐 매번 망설이다 말지만.

　집에 가려고 교문을 막 나서려는데 폰이 울렸다. 주홍모였다. 안 받아야 한다는 생각이 나를 가로막았지만 혹시나 하는 마음에 얼른 받았다. 홍모는 "어디냐"로 말을 시작하더니 대번에 내가 어디인지는 전혀 중요하지 않은 용건을 빠르게 쏟아 냈다.

　"내가 폰을 잃어버렸거든?"

　"잃어버린 게 아니라 팔아먹은 거겠지."

　"그렇지. 뭐, 어차피 바꾸고 싶었던 타이밍이라. 근데 엄마가 갑자기 꼬치꼬치 캐네?"

하긴, 홍모 엄마도 바보가 아닌 다음에야 무한 반복되는 사건을 해석하지 못할 리 없다. 그러니 평소에 홍모가 폰을 자주 잃어버려서 그러려니 할 수 있는데도 그냥 넘기지 않는 걸 거다.

"4반 전창근 알지? 내가 걔를 팔았거든. 또 폰 잃어버리면 혼난다고 해서 이번에는 걔가 훔친 걸로 했는데, 엄마가 누가 봤냐길래 네 번호 말했거든. 긍까 전화 오면 말 좀 잘해 주라."

"전창근? 얼마 전에 자퇴한 애?"

"어. 너랑 친해서 학교 놀러 왔길래 잠깐 같이 놀았는데 그새에 집어갔다고 했어."

"왜 하필 전창근이야? 자퇴한 애라 안전할 거 같아서? 학생이 아니라서 더한 처벌 받음 어쩌려고? 그리고 만약 걔 귀에 들어가서 걔가 난리 치면?"

"내가 병신이냐? 걔 통화도 잘 안 되고 되게 순한 놈이야. 그리고 고작 폰 땜에 엄마가 일 벌이진 않지. 걔 다문화 거지새끼라고 했거든. 앞뒤가 딱 맞잖아. 거지새끼를 잡겠냐?"

난 아무 말도 못 했다. 여러 가지 생각이 머릿속을 지나갔다. 매서운 바람처럼 호되게 나를 후려치며. 다문화란 말에 발끈해서 내 정체성을 밝히면 중학교 때와 같은 일이 또 벌어질지도 모른다. 그러니 다문화 거지새끼란 말을 꿀꺽! 삼켜야 한다.

아니, 내 정체성까지는 안 밝히더라도 저런 표현을 쓰는 애한테는 뭐라고 해야 하는 거 아닌가? 그 정도는 해야 인간의 도리 아닌가? 그런 생각도 든다. 하지만 그건 내 캐릭터에 어울리지 않는다. 안 어울리는 행동을 하다가 괜한 의심을 살 수도 있다. 그러니 하지 말아야 한다.

"야! 오케이?"

홍모가 아무 말도 없는 나를 채근했다.

"왜 답이 없어? 뭐야, 끊긴 건가?"

난 간신히 답했다.

"······아니."

"아, 이 새끼, 또 머리 굴리는구나? 알았어. 남은 거 다 까기."

"······."

"뭐야? 뭘 더 뜯고 싶은 거야?"

난 어렴풋이 나 자신이 무서워졌다. 내 안에서 들끓는 천박한 욕구와 나의 아픈 과거와 분노 그리고 그것들을 어떻게 잘 정리해서 가장 합리적이거나 효율적인 결론을 내릴 것인가를 재빠르게 생각하고 있는 내가 느껴져서다. "됐어, 새꺄! 사람 그만 팔아 먹어!"라고 이성적으로 말해야 한다고 머릿속에 띄워 봤지만, 내 입이 나를 배신할지 어떨지, 그건 나도 장담 못 하겠다.

헛헛해.
주목받고
싶어

칭찬은 때론 독이 된다구:

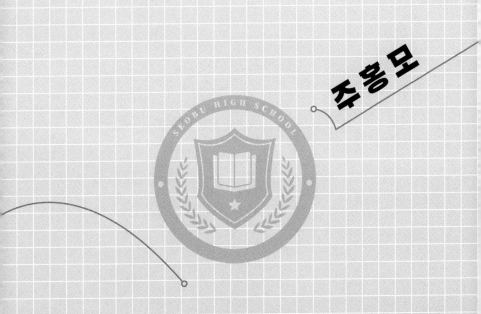

주홍모

"너 이거 도둑질인 건 아냐? 꼭 남의 거 훔쳐야만 도둑질이 아니야."

박정만이 건들거리며 훈계질을 한다.

'놀고 있네. 지는? 중간에서 물건 팔아 주는 짓거리나 하는 주제에 얻다 대고 입을 털어? 그럼 무면허에 헬멧도 없이 공유 킥보드 타는 넌 떳떳하냐?'

속으로 재빠르게 뇌까린 뒤 고분고분하게 답했다.

"네."

지금은 잘 보여야 하는 타이밍이니까 참아야 한다. 솔직히 힘으로 보나 덩치로 보나(키도 작고 멸치다) 학벌로 보나(자퇴생이니 중졸일 게 뻔하다) 재력으로 보나(난 팔 물건이라도 있는데) 지능으로 보나(밤에 까만 패딩 입고 도로에서 전동 킥보드 타면 골로 가기 십상이란 거 모르냐?) 내가 한 수 위지만, 참는다. 필요한 일 앞에서는 힘을 빼고 '나 죽었소' 할 줄 아는 것도 능력이니까. 그리고 경험상 한 번 나쁜 놈은 계속 나쁘고 끝까지 나쁜 놈이라, 거슬리는 행동은 최대한 삼가고 원하는 것만 얻어서 잽싸게 튀는 게 최고다.

"야! 쎄빈 건……."

또 한 소리 할 각이라 얼른 자르고 최대한 비굴하게 말했다.

"이제 다신 안 할게요."

나름 애썼건만 놈은 어이없다는 표정이다.

"븅신, 설마 내가 널 걱정하겠냐? 네가 하든 말든 그건 네 인생이니 네가 알아서 할 일이고."

"네?"

"쎄빈 건 뒤처리 필수! 괜히 줄줄이 엮이게 만들지 말라고."

"뒤처리요?"

"알리바이!"

알리바이. 그거라면 이미 학교에서 대대적으로 만들고 있다. 학교조차도 전교생을 상대로 내 일에 협조하고 있으니까.

물론 내가 의도한 건 아니다. 어쩌다 보니 이렇게 됐다. 처음엔 자전거를 잃어버렸다는 걸 만천하에 알리고 그게 엄마 귀에 들어가면 상황 끝! 이라고 간단하게 생각했다. 내가 내 자전거를 팔아먹었을 거란 상상은 아무나 할 수 있는 게 아니니까. 우리 엄마는 더더욱 상상 못 할 일이다.

그런데 엄마가 갑자기 학교 체육관 쪽 CCTV가 고장 나 있었단 사실에 딴지를 거는 바람에 일이 커졌다. 학교는 새삼스럽게 책임감을 느끼더니 급기야 공고문까지 붙이면서 자전거를 찾겠다고 혈안이 되었다. 일이 아주아주 복잡해졌다. 본의 아니게 학교에서는 괴로워하는 연기를, 집에서는 속상해하는 연기를 계속해야 했다.

하지만 덕분에 내 알리바이는 확실해졌다. 그리고 그 덕에 어부지리로 전동 킥보드를 얻게 될 거 같기도 하다. 친할머니가 사 주시겠다고 난리다.

"콩알만 한 애들도 타는데 우리 장손도 사 줘야지. 애 기죽일 일 있나!"

할머니는 전동 킥보드가 어린이용 킥보드와는 완전 다르고 타려면 면허가 있어야 한다는 것을 모르신다. 군이 밝힐 생각은 없다. 그건 할머니의 선의를 짓뭉개는 일이므로.

"쌉가능요."

박정만에게 현금을 받고 헤어졌다. 돌아서면서 "또 보자"라며 씰그러진 미소를 날리는 게 아주 거슬렸다.

박정만(가명일 게 뻔하다)은 중학교 동창 주노네 학교에서 이런 일을 전문적으로 하는 유명한 애(이외에도 명품 사 주는 애, 민증 파 주는 애, 훔친 거 팔아 주는 애 등등이 있다)를 통해서 소개받았다. 아까도 말했듯이 저들과 연결되고 싶지 않아서 처음엔 자전거를 중고나라에 조용히 팔아 치우려고 했다. 이런 일은 처음이라서 간단할 줄 알았다.

하지만 막상 물건을 올려 보니 쉽지 않았다. 처음엔 좋아요가 무섭게 늘어나기에 '와우!' 했는데, 웬걸, 정작 딜을 거는 인간은 없고 날파리 같은 애들만 떼로 덤볐다. 내가 정한 가격을 두고 '말이 안 된다' '난 헬멧, 장갑 다 받고도 저것보다 싸게 샀다' '중고에 대한 예의가 없다' 같은 댓글을 달면서 후려치기 시작했다.

그냥 태클이 취미인 애들인 줄 알았더니 동창 왈, 저런 식으로 가격을 낮춘 뒤 사서 비싸게 되파는 리셀러가 많다고 했다. 그게 아니면 싸게 사고 난 뒤 핸들에서 소리가 난다 어쩐다 하면서 환불해 달라고 하는 경우도 있고, 더 고약한 놈들은 "장물 아니냐, 엄마 몰래 파는 거 아니냐, 느이 아부지 뭐 하시노?" 등등을 물으며 약점을 캐기도 한다고. 이런 오만가지 삐리리 같은 인간들이 있는 데가 중고나라라고 했다. 그래서 소개를 받을 수밖에 없었다. 게다가 요샌 그놈의 대여 자전거가 길에 널린 바람에 자전거 인기가 한물간 터라, 잽싸게 처분하는 게 남는 장사였다.

아무튼 총알이 들어왔으니 다시 토토를 시작한다. 합법적으로 할 수 있는 스포츠 베팅은 국민 체육 진흥 공단에서 발행하는 스포츠 토토뿐인데, 미성년자는 접근 금지라서 결국 불법 온라인 도박 사이트인 사토(사설 토토)로 갈 수밖에 없다. 여긴 성인 인증 절차도 없고 폰과 입출금 계좌만 있으면 된다.

베팅을 시작했다. 지난번에 역베(약팀에 베팅하는 것)로 재미를 봤으니 이번에도 한 번 더 그 방식으로, 총알이 많으니 오만 원을 베팅해 본다. 전엔 베팅하는 순간마다 떨려서 심장이 쫄깃했는데, 요샌 경험치로 인한 배포가 생긴 건지 떨림은커녕 묘한 기대감으로 흥분이 된다.

뭐든 익숙해진다는 건 무서운 일인 거 같다. 박정만의 "또 보자"가 불길하게 와닿았던 이유가 바로 이거다. 하지만 난 정말 정말 이번까지만 할 생각이다. 이번에 들어온 총알로 세뱃돈 다 날린 거 반만이라도 회수하면 다시는 안 할 거다. 그러니 박정만을 다시 볼 생각은 절대 없다.

신나게 폰을 스크롤 하고 있는데 인섭의 톡이 떴다.

[총알 입고?]

잽싼 놈! 확인하지 않기로 했다.

[?]

또다시 물음표가 비누 거품처럼 창에 계속 올라왔지만 내버려 둔다. 신주노에게 꾼 거 갚고 나면 얼마 남지 않으니, 정인섭은 쌩까기로 작정했다. 자전거를 옮기는 일과 교실에서 보여 주기식

다구리 당해 주기 등의 역할 분담을 하는 조건으로 총알을 나눠 준다고는 했지만, 솔직히 꼭 줘야 하는 것도 아니다. 내가 매번 엄카로 밥 사 주고 간식 공수하고 피방이랑 코노도 내 덕에 다녔으니, '주면 고맙고 안 줘도 뭐라 할 수 없음' 이렇게 생각하는 게 맞다. 인섭이 나를 닦달할 주제는 아니라는 거다.

[정만 형 봄?]

이번엔 주노에게 톡이 왔다. 돈 갚으라는 소리다.
'귀신 같은 놈!'
이번에도 역시 확인하지 않는다. 원랜 꾼 돈부터 갚을 생각이었지만 갑자기 마음이 바뀌었다. 주노는 우리 학교도 아니니 당분간만 피해 다니면 된다. 돈은 따고 난 다음에 갚아도 되고.
자기 돈 갚으라고 나에게 정만을 소개시켜 준 거란 건 알지만, 내가 알기론 주노는 쟁여 놓은 총알이 많다. 늘 애들 앞에서 자기 승률이 얼마나 높은지 자랑하는데 실제로 쏨쏨이를 보면 절대 허세는 아니다. 당장 쓸 총알이 없어서 날 쪼는 게 아니니 피해 다녀도 별 문제없다. 이자 받는 놈이라 돈 좀 늦게 받는다 한들 개 입장에선 떼이지만 않는다면 크게 손해는 아니니까.
무엇보다 난 신주노가 나한테 막 나가지 않을 거란 확신이 있다. 근거는 주노가 애들 앞에서 날 '돼지 저금통'이라고 부른다는 점이다. 돼지에 밑줄이 그어진 게 아니라 저금통에 방점이 찍힌 별명이다. 즉, 내게 꿔 준 건 언제든 회수가 될 거라고 믿는다는 소리다.

월드컵 시즌 때 베팅에 헛발질해서 총알을 다 잃고도 내가 웃자, "주홍모, 가오 쩌는데"라고 애들이 떠들어 댔다. 그때 주노가 콕 박아 말했다.

"야! 도박에 가오가 어딨냐? 운발에 기대는 게 도박인데⋯⋯. 쟨 아쉬운 게 없는 놈이라서⋯⋯ 완전 빵빵. 돼저야, 돼저."

그 뒤로 나한테 '건돼저'라고 하는 놈들이 늘었다. '건물주 돼지 저금통'이란 뜻이다.

주노는 유치원생 때부터 나랑 같은 동네에 살아서 우리 집에 대해 잘 안다. 지하철역 입구에 있는 쇼핑센터가 우리 할아버지 거고, 할아버지의 외아들인 우리 아빠는 내가 초등학교 5학년 때 하와이로 휴가 가서 스킨 스쿠버를 하다가 돌아가셔서 내가 우리 집의 장손이란 것부터 고모가 셋이라 그 밑으로도 식구가 바글대지만, 할머니 할아버지의 귀염을 받는 사람 중 으뜸이 나란 사실까지도 누구보다 잘 안다.

중학교 때는 주노가 나만 보면 개 부럽다는 소리를 대놓고 할 정도로 친하게 지냈는데, 언젠가부터 사이가 멀어졌다. 주노 아빠가 조기 퇴직하고 할아버지 쇼핑센터 1층에 치킨집을 내면서부터인 것 같다.

그러다 내가 스토에 관심을 갖게 되면서 도박하는 애들하고 엮이다 다시 만났다.

"너 같은 애가 이걸 왜 하냐? 안 해도 되면서……."

이렇게 주절대길래 "새꺄, 네가 재미있음 나한테도 재밌는 거지" 했다. 그때 다른 애들은 내가 모범생이라도 되나 생각했겠지만, 사실은 그런 의미가 아니었던 거다. 나중에 돼저로 설명이 다 되었겠지만 말이다.

나는 스토 안 해도 된다는 주노의 말에는 어폐가 있다. 대학 가기 위해 학원 다니고 머리 싸매고 공부하듯이, 도박에도 목적이 있는 거처럼 말하는 거 자체가 웃기는 일이다. 물론 주노가 소개해 준 애 중에는 진짜로 일삼아 토토를 하는 애들도 있다. 주노도 애들한테 돈 꿔 주고 이자를 꼭 챙기니 이제는 재미가 우선이 아닐 수도. 하지만 내가 보기에 도박은 그냥 안 좋은 습관이고, 중독이고, 쾌락의 저주다. 이걸 다 아는데도 또 하게 되는 것, 그것 자체가 중독의 특성이다.

중학생 때도 놀이 삼아 판 치기를 하고, 폰으로 달팽이 레이싱을 하면서 즐기기도 했다. 그런데 고딩이 되면서 하기 시작한 스토는 조금 달랐다. 물론 돈을 걸고 따는 재미가 있다는 점에서는 크게 다르지 않지만, 전자는 그 과정을 즐기는 부분의 비중이 컸다면(책 위에 동전을 놓고 에어를 이용해 동전을 뒤집을 때까지의 쫀득이는 심장과 입 마르게 하는 집중도와 이어지는 우레와 같은 함성. 내가 고른

달팽이를 응원하는 진심 어린 마음. 이를 아이들과 같이 누리는 연대감이 분명 있었다), 스토는 오로지 혼자 결과를 누리고 책임져야 한다. 그러니 놀이의 범주에서 완전히 벗어난다.

물론 누가 어떻게 베팅해서 얼마 땄다더라 등등의 이야기를 전쟁터에서 울리는 승전고처럼 떠드는 재미는 있다. 하지만 그건 순간이고, 결과를 감내하는 시간은 고독하다. 이게 어른의 맛일까? 조금 더 생각해 보니 먼지의 맛 같다. 보이지 않는 것의 허무함처럼, 마실수록 갈증 나는 탄산수처럼 말이다. 아마 그래서 더, 더, 더 하게 되는 것일지도 모르겠다.

이런 기분을 대충 추려 말하니 인섭도 빼박 중독이라 했다. 맞다. 안다. 아는데도 한다. 솔직히 학생이 공부해야 하는 걸 몰라서 안 하냐? 다들 아는데 안 하는 거지. 도박도 그것과 크게 다를 바 없다. 이겼을 때 머릿속에서 터지는 축포, 그 사이로 흐르는 도파민의 맛을 못 잊어서 자꾸 하게 된다.

게임도 마찬가지다. 초딩 때부터 피시방에 수억 원(?)을 바쳐 보고 난 뒤의 소감은 여전히 가슴이 휑하다는 것이다. 다들 왜 그러냐고, 딱하다고들 하지만, 솔직히 내 의지가 아닐 때가 많다. 마우스를 신들린 듯이 따각거려 점수가 파파박 오를 때의 쾌감, 그것에 중독되어서 자꾸 가게 된다.

게임이든 스토든, 끝에 낭떠러지가 있다는 걸 알면서도 달리는 맛에 취해 페달을 돌리는 어리석은 행동이란 걸 안다. 그렇지만 이미 바퀴가 돌고 있으니 멈출 수가 없다.

좀 어이없지만, 그래서 누군가가 나를 도와줬으면 좋겠단 생각도 한다. 하지만 그 '누군가'는 내 주변엔 없다. 나와 가장 가까운 사람인 엄마와 할머니는 시쳇말로 내 밥이다. 내가 두 사람을 무시한다는 의미는 절대 아니다. 반대로 두 분이 나를 너무들 사랑하셔서 도저히 도와줄 수가 없다는 뜻이다. 물론 모든 부모가 자식을 사랑하겠지만, 우리 엄마와 할머니는 내게 사랑을 조금 넘치게 주신다. 아마 거기엔 할머니의 '애비 없이 크는 짠한 놈'이란 연민이 크게 작용하고 있을 거다.

예를 들자면 이렇다. 지난 시험 점수를 보고 엄마가 내 폰을 강제로 뺏었을 때, 내가 열받아서 눈에 흰자를 보이면서 저녁을 거부하고 방에 틀어박히자 엄마는 밥을 먹는다는 조건으로 바로 폰을 줬다. 그 이야기를 나중에 들은 할머니는 "머리 큰 애를 그렇게 강제로 하면 되냐!" "애 기죽이지 말아라!"라며 엄마를 야단치기까지 했다. 엄마의 잘못을 보상하듯이 용돈도 줬다.

덕분에 기는 확실하게 살았다. 그 돈으로 편의점을 털다시피 하면서 우리 반 애들한테 인심을 썼다. 나도! 나도! 하면서 굽실거리는 애들의 얼굴을 보면 기분이 째진다. 어깨에 힘이 팍 들어가면서 우쭐해진다. 이 기분도 중독성이 있다. 그래서 자꾸 인심을 쓰게 된다. 뭐, 인기 관리에 도움이 되기도 하고.

내 주변의 대표적 어른인 할아버지 역시 나를 도와줄 수 없다.

일단 할아버지는 타인의 입장을 생각하는 능력이 아예 없다. 할아버지 집에서 일하는 아줌마 말로는 아쉬운 게 없는 사람은 원래 남 생각을 못 한단다. 그 말이 맞는다면 할아버지는 아마 너무 오랫동안 부자로 살아서 그렇게 된 게 아닐까 싶다.

게다가 할아버지는 일관성이라곤 전혀 없이 툭하면 화를 내는 호통 전문가라 무조건 피해 다녀야 한다. 우리 집에서 제일 대접받는 나조차도 할아버지한테 걸리면 죽는다는 생각을 갖고 있는데 도움은 개뿔! 무슨 도움을 받을 수 있겠냔 말이다.

물론 할아버지의 돈으로 잘 먹고 잘 지내는 도움을 받고 있다. 우리 가족 모두. 그래서 다들 할아버지에게 꼼짝 못 하는 탓에 할아버지가 그 누구에게도 인성 교정이라는 도움을 받지 못하고 계속 호통치는 사람으로 존재하게 된 게 아닌가 싶다(그렇다면 나와 비슷한 처지인가?).

마지막으로 고모들이 있는데, 고모들은 내가 단지 장손이라는 이유만으로 특별 대우를 받는다는 사실에 무지무지 화가 나 있기 때문에 나를 갈구는 데만 혈안이 되어 있다. 그러니 완전 열외다.

어른들 대신 나를 도와줄 뻔한 애가 있긴 하다. 물론 걔가 의도를 갖고 도와주려고 한 건 절대 아니다. 그냥 걔 때문에 내가 본의 아니게 약간의 자극을 받았달까?

우리 반에 정하윤이라고 아주 까탈스런 여자애가 있다. 평상시에 난 걔가 재수 없다고 생각해 왔다. 뭐든 꼬아서 이야기하고, 이면이 어떻고, 배후가 어떻고 하면서 귀신 씻나락 까먹는 소리 하기 전문가이기 때문이다. 난 복잡한 건 딱 질색이라서 별로 마주치고 싶지 않은 애 중 하나다. 그래서 걔한테는 장난도 잘 안 친다. 잘못 걸리면 뼈도 못 추릴 테니까.

그런데 어느 날 정하윤이 내 머리통을 후려쳤다. 물리적으로 때렸다는 게 아니라 말로 아주 신박하게 가격했다. 흔한 욕이 아니라서 더 그렇게 느꼈을지도 모르겠다.

그날도 야자 직전에 학교 앞 편의점에서 애들한테 신나게 인심을 쓰고 있었다. 그러다 소시지랑 불닭볶음면을 들고 계산 줄에 서 있는 정하윤을 보고 호탕하게 "네 거도 내가 사 줄게"라고 말했다. 아주 일반적인 대답, "좋아!"를 예상했건만, 하윤은 보기 드문 썩소를 지으며 톡 쏘듯 말했다.

"네가 왜?"

"왜는? 오빠가 사 준다니까?"

"완~전 사양!"

"뭐야, 낯가리냐? 괜찮아."

농담으로 이어가려는데 하윤이 아주 차분하게, 하지만 차가운 표정으로 말했다.

"주홍모, 너 많이 헛헛하구나?"

"뭐?"

"뭐랄까? 근원적인 헛헛함이랄까?"

'뭔 개소리지?'

난 약간 당황했다. 편의점 알바 누나마저 계산을 멈추고 집중하게 만드는 맥락 없는 소리였다. 뭔가 무시무시한 말이 이어질 것만 같은 불길함에 "그럼, 관둬" 하고 끝내려는데 하윤은 작정한 듯 후추 뿌리는 이야기를 이어 갔다.

"일종의 중독 같아. 중독의 다른 이름은 결핍이거든? 내가 보기엔 넌 박수 중독이야. 돈 뿌리고 대신 박수를 받는 그 허세 쩌는 행동! 미안한데, 난 너한테 박수 칠 의향 전혀 없어."

그러곤 두 손을 허공에 대고 털었다. 개 민망했지만 보는 애들이 많아서 아무렇지 않은 척, 쿨한 척했다.

"크크크, 하여간 넌 대가리 존나 복잡해."

겉으론 키득거리고 속으론 '씨발, 놀고 있네'라고 욕을 질렀다. 편의점 파라솔 밑에서 애들 몇몇이 내 편을 들어 주며 하윤을 욕하려 했지만, "됐고!"로 말을 막았다. 그게 자존심이 덜 상할 것 같아서. 그 후로는 평소처럼 화기애애하게 떠들고 자전거 자랑질도 신나게 하면서 학교로 돌아와 야자를 하는 둥 마는 둥 엎어져 자다 집에 왔다.

게임 한 판 때리고 다시 잠을 청하려고 누웠는데, 눕자마자 곯아떨어지던 다른 날과 달리 자꾸만 정하윤이 편의점에서 한 이야기가 떠올랐다.

'근원적인 헛헛함이랄까?'

생각할수록 더러운 기분이 엄습해서 "웃기는 년!"이라고 시원하게 욕을 내질렀건만, 기분은 더 이상해지기만 했다. 아까도 말했듯이 난 복잡한 게 싫어서 웬만하면 다 잊어버리는 편인데, 이상하게 아무리 클릭해도 꺼지지 않는 야동 팝업 창처럼 하윤의 말이 자꾸만 떠올랐다. 흔치 않은 일이다. 똥침을 맞은 것 같은 기분에서 더 나아가 제대로 핵심을 찔린 느낌이랄까? 너무 깊게 찔려서 내 몸의 어딘가가 손상된 것만 같았다.

무시하고 건너뛸 수가 없어서 또록또록 눈알을 굴리며 곰곰이 생각해 봤다. 시험 공부도 안 하는 마당에 웬 곰곰인가 싶어 스스로도 어이가 없었지만, 계속 생각했다.

내가 허세가 있고 박수 중독이란 소린 그냥 넘길 만했다. 그럼 괜히 돈 쓰겠냐? 다 폼 잡고 싶어서 그런 거지. 원래 남자는 허세거든? 그 말보단 헛헛하구나, 이 말이 걸렸다. 오죽하면 누운 채로 인터넷 검색창에 '헛헛하다'를 쳐 봤다(단어 검색은 머리털 나고 처음인 듯). '배 속이 비었다'는 아닐 테고, 그 밑에 '채워지지 아니한 허전한 느낌'이란 말이 적혀 있었다.

'씨발, 우리 나이에 어떻게 다 채워져? 도사냐?'

이렇게 무시하려다가도 또다시 '걔가 근원적인 헛헛함이랬지? 그건 또 뭐야?' 하고 되짚게 되는 이상한 현상이 벌어졌다. 몇 초 전으로 회귀하는 마법에 걸린 건가 싶을 정도로.

그렇게 계속 되씹다 보니 그게 뭔지 알 것만 같았다. 먹어도 배

고픈 것 같고, 씻어도 찝찝한 것 같고, 지갑에 용돈이 가득 들어 있어도 부족한 거 같고, 애들에게 둘러싸여 있어도 외로운 거 같고. 아, 그래, 집에 있어도 집에 가고 싶은 느낌이랄까? 중독의 다른 이름은 결핍이라던 말까지 더불어 이해가 가면서 갑자기 눈물이 났다. 내가 왜 헛헛한지, 그 이유를 알 것 같았다.

기억하고 싶지 않아서 복기하지 않았던 그때, 아빠가 사고로 돌아가신 그즈음이 떠올랐다. 막막함이 턱끝까지 찼던 때. 하루아침에 사라진 아빠의 부재도 엄청난 일이었지만, 의외로 그건 별로 실감이 안 났다. 그보다는 내 하루하루가 힘들어진 게 더 피부에 와닿았다. '장손'이란 이름으로 전보다 더 주목받기 시작하면서 제약이 너무너무 많아졌으니까. 할머니가 자전거도 못 타게 했고, 애들하고 늦게까지 쏘다니는 일에도 제재가 들어왔다. 무엇보다 힘들었던 건 수영을 못 하게 됐다는 것이었다.

난 한때 수영 선수를 꿈꿀 정도로 수영을 잘하고, 좋아했다. 키즈 스프린트 챔피언십 전국 대회에서 최우수상을 받았고, 다른 경기에 나갈 때도 학교 대표로 항상 4번 레인에 섰다. 물속에서 최강의 스피드를 내며 움직이던 내가 정말 좋았다. 입수할 때 몸에 감기는 물의 느낌이나 나 자신의 유연함을 느낄 때, 다리에 부스터라도 단 듯 속도를 내며 다른 애들을 앞서갈 때의 가슴 벅참, 물속에서 들리는 뽀글거리는 기포 소리와 메아리 울리듯 웅성거리는 물 밖 소리, 은은한 락스 냄새까지. 모두 다 좋아했다.

특히 연습을 마치고 수영장 복도를 걸을 때의 나른한 성취감은 이루 말할 수 없는 충만함을 주었다. 내 안의 모든 걸 다 바쳐서 최선을 다해 몸과 마음을 단련시킨 기분이랄까? 지금도 그때를 떠올리니 성실함에서 얻은 그 성취감이 절절하게 그리워져 왈칵 눈물이 고일 정도다(너무 오래 불성실하게 살아왔다는 생각이 새삼 든다. 내가 다시 그런 성취감을 느끼면서 살 수 있을까?).

게다가 심폐력이 타고난 데다 하체가 잘 훈련되어 킥도 회전력도 좋다고 언제나 코치님에게 칭찬을 들었다. 무엇보다도 내가 수영을 즐겼기에, 당연히 커서 수영 선수가 되리라고 생각했다.

그런데 아빠가 스킨 스쿠버를 하다 돌아가셔서 졸지에 나까지 입수 금지를 당했다. 물론 처음부터 그랬던 건 아니다. 격렬하게 반항해 수영을 계속할 수 있었다. 할머니의 온갖 잔소리와 걱정과 꾸중을 감수하면서 연습에 참가했다. 수영을 하고 싶었다. 수영을 하는 시간만큼은 아빠를 잃은 슬픔을 잊을 수 있어서 더 하고 싶었다.

어느 날 집에 왔는데 현관 위에 이상한 종이가 붙어 있었다. 할머니가 붙인 부적이었다. 할머니는 아빠가 익사하는 사주, 즉 '낙정관살'이 있어서 물에 빠진 거라며 아들인 나도 조심해야 한다고 했다. 그러니 앞으로 바닷가에서의 물놀이는 절대 금지라는 당부까지. 그 이야기를 듣는데 소름이 끼쳤다. 나의 의지와 상관없는 무언가가 아무 이유 없이 나를 막고 태클을 건다니 억울했다. 사주란 게 뭔지 몰랐지만, 고약한 것임엔 틀림없었다.

정확히 그날로부터 사흘 뒤, 난 수영을 하다 호흡 곤란을 겪었다. 태어나서 처음 경험한 사고였다. 몸을 열심히 움직이면 머릿속은 비기 마련이건만, 그날은 도중에 느닷없이 아빠가 떠올랐고, 두려움에 사로잡힌 뒤 바로 호흡이 엉켰다.

다행히 물 밖으로 허겁지겁 나와 곧 진정했지만, 그 일은 내게 트라우마가 되었다. 한동안은 욕조에서 물이 빠져나가는 소리마저 두려울 정도였다. 일시적인 현상이며 얼마든지 극복할 수 있다고 코치님이 조언을 하든 말든 할머니는 '때는 이때다' 마인드로 내게 아빠를 상기시켰다. 그러면서 점쟁이가 용하다고 난리굿을 피우셨다.

하지만 난 그 말에 절대 동의하지 않았다. 내 호흡이 엉킨 건 사주가 맞아서가 아니라 쓸데없이 스스로에게 태클을 걸어서 공포심을 조장했기 때문이다. 그래서 코치님 의견에 따르려고 했지만, 결국 방향을 튼 건 엄마의 눈물 바람 때문이었다. 아빠 때문에 이미 충분히 운 엄마를 또 울게 할 수는 없었으니까.

"홍모야, 엄마는…… 너까지 잃을 순 없어."

악! 생각만 해도 공포스러운 말이다. 내 죽음의 고통은 전혀 실감이 안 났지만 혼자 남아 슬퍼할 엄마를 떠올리자 너무 마음이 아팠고, 아파서 무서웠다. 그래서 수영을 관둬야 했다.

내게서 수영을 빼고 나니 남는 게 별로 없었다. 아니, 아무것도 없었다. 팔다리 허리 어깨 무릎 그 어디에도 힘이 실리지 않는 것 같은 기분을 그때 처음 느꼈다. 그게 바로 '헛헛함'이었다. 건전지 가 빠진 인형이 된 느낌.

수영이 빠져나간 빈 공간에 뭐라도 채워야 한다는 생각에 과외 를 열심히 했다. 학원도 열심히 다녔다. 물론 내가 자발적으로 한 건 아니다. 장손에 대한 기대감이 집 안팎으로 너무 높아서 그 마음을 차마 저버릴 수 없었다. 학원 전기세 내 주러 다니는 애가 바로 나였다.

학원 수업은 열심히 듣지 않았지만, 친구 사귀는 재미는 충분히 볼 수 있었다. 수업 시간에 선생님 말을 가로채거나 웃기는 말을 던지면 아이들이 웃어 주고, 책상 아래로 던지기 장난도 치고, 낙서로 주목받고, 피시방으로 몰려가면서 키득거리고, 군것질하고…… 그런 즐거움으로 하루하루를 살았다.

영어 캠프도 갔고 바둑도 배웠고 골프 신동이 될지도 모른다는 기대하에 골프도 배웠다(한자리에 가만히 서서 채만 휘두르는 골프는 정말 재미없었다. 나 대신 공이 날아가는 것도 마뜩잖았고). 이외에도 원치 않는데 해야 하는 일이 너무 많았다. 원치 않는다는 말을 한마디도 못 했던 게 내 헛헛함의 밑바탕이 된 거 같다.

그 무기력함이 싫어서 더 일을 만들었다. 내가 짠 판에서 아이들이 말 놀이판의 말처럼 움직여 주면 그나마 조금 신이 났다.

정하윤이 나를 도와줄 뻔했다는 말이 바로 이거다. 나의 박수 중독이 결핍에서 왔다는 하윤의 말 때문에 비로소 이 사실을 깨달았으니까. 정하윤한테 한 방 먹었지만 오히려 머릿속이 맑아진 기분이었다. 자기를 아는 게 치유의 첫 단계라고 하니, 덕분에 내가 조금이나마 나아질 수 있을 것 같았다.

고마운 마음에 남자애들끼리 인기투표를 할 때 정하윤에게 몰표를 주게끔 분위기를 조성했다. 어렵지 않은 일이다. 아이들이 많이 모인 데서 분위기를 그쪽으로 띄우면 그만이다. 그리고 어차피 재미로 하는 일이니까. 솔직히 정하윤, 그닥 이쁜 얼굴도 아니고 성격은 못돼 처먹었지만, 아는 게 많아서 나라 발전에 보탬이 되는 유익한 사람이 될 거라고 어떻게든 장점을 꼽아 본다(절대 비꼬는 말이 아니다!).

아무튼, 하윤에게 말로 얻어맞은 뒤로 난생처음으로 나를 돌아보게 되었고, 처음으로 '오롯이 나만 있는 내 삶'을 떠올려 보게 되었다. 그리고 더 이상 칭찬에 끌려다니지 않겠다고, '거절하는 용기'를 가져 보겠다고 결심했다.

성적이 계속 안 나오면 유학이라도 보낼 거라는 할아버지의 말부터 대차게 거절할 거다. 공부하는 척을 언제까지나 할 수는 없는 노릇이다. "누구나 공부를 잘할 수 있다는 편견을 버리세요"라고 말해야지. 물론 할아버지는 눈을 부릅뜨면서 바로 한 대 날리시겠지만, 까짓것 맞고 개길 거다.

그리고 이제 수영 선수는 못 하겠지만 취미 삼아, 운동 삼아 수영을 다시 해 보겠다고 할머니에게 반항할 거다. 할머니의 애정 어린 눈물 바람이 무섭다고 시키는 대로만 살 수는 없는 거니까. '이 늙은 할미를 봐서'나 '할미가 살아 봐야 얼마나 더 살겠냐' 같 은 멘트에 넘어가지 않을 테다.

맨날 나 때문에 할머니 할아버지에게 쩔쩔매고 부당한 대우도 다 참는다는 엄마에게도 더 이상 나를 앞세우지 말라고 말할 것 이다. "엄마 인생을 사세요!"라고 선을 그어 볼 생각이다.

시나리오를 떠올리기만 했는데도 갑자기 기운이 난다. 비로소 내 안에서 모터가 도는 듯한 기분이랄까? 주도적으로 하고 싶은 일을 선택할 수 있다는 건 사람을 건강하게 만드는 것 같다. 자기 주도적이란 건 결국 자기한테 중심이 있단 소리니까.

그런 의미에서 매일 듣는 장손이란 말도 이참에 완전 사양하고 싶어졌다. 한 집안에서 맏이가 되는 후손이 대체 무슨 의미가 있 담? 더군다나 요즘 같은 세상에 장손이란 표현은 전근대적인 것 아닌가?

초등학교 5학년 때부터 지금까지 내내 장손이란 허울 속에 갇 혀 살았다. 장손이어서 해야 하고 또 장손이라 하면 안 되는 일들 에 항상 가로막혀 있었다. 내가 장손으로 태어나고 싶었던 것도 아닌데 말이다. 심지어 이건 반장처럼 임기가 있는 것도 아니고 의무만 넘친다. 제사를 지낼 때도 꼭 첫 번째로 절을 해야 하고, 집안 행사도 다른 사촌들은 사정이 생기면 빠지기도 하는데 난 절대 빠질 수 없다.

언젠가 집안 어른들 다 계신 데서 사촌들하고 뛰어다니는데 할아버지가 나만 불러 세워서는 혀를 차면서 "어디 장손이!"라고 호통을 쳤다. 순간 '내가 왕이라도 된 걸까?'와 '통치할 나라도 없는 왕?' 이런 생각이 동시에 들어 웃음이 났다. 이쯤 되면 차라리 『해리 포터』 시리즈 주인공 해리의 이마에 난 번개 형상의 상처가 더 나은 게 아닐까? 그건 의미라도 있으니 말이다.

이젠 더 이상 끌려다니지 말아야 한다. 장손에 대한 기대감은 기대감을 가진 분들에게 돌려드리겠다. 사랑한다며 옴짝달싹 못하게 부둥켜안고, 넘치는 사랑으로 날 이리저리 휘두르는 것도 사양하겠다. 휘둘리면 힘을 쓸 수도, 낼 수도 없으니까. 관심은 오케이지만, 간섭은 노 땡큐!

그리고 줏대가 없으면 호구가 되기 쉽다. 손지희 같은 애를 보면 딱! 알 수 있다. 얼마 전에 지희가 인섭과 내가 자전거 도난 자작극에 대해 이야기하는 걸 들었다고 했다. 자기 폰에 찍혔다나? 하지만 솔직히 하나도 무섭지 않았다. 왜? 상대가 손지희니까.

지희는 늘 말끝을 흐리고 필요 이상으로 사과를 많이 한다. 복도에서 장난치다 개 발을 밟은 적이 있는데, 화를 내기는커녕 오히려 자기 쪽에서 "미안!" 이랬다. 처음엔 '뭐지? 비꼬나?' 싶었는데, 알고 보니 희생과 배려가 습관이 된 캐릭터였다. 거의 '네 발밑에 내 발이 들어가서 정말 미안해' 이런 수준이다.

그러니 거절도 못 한다. 급식으로 햄버그스테이크가 나왔을 때 내가 장난삼아 "나 주라" 했더니 진짜 줬다. 그게 메인 메뉴인데도 덥석 주고는 양배추랑 옥수수만 먹고 있는 지희를 보고 있자니 약간 한심했다. "너 고기 안 좋아해?" 하고 물어보니 빵끗 웃으면서 "좋아해!" 이런다. 또 '뭐지?' 싶었다. 그래서 "혹시 너 나 좋아해?"라고 물었더니 이번에도 빵끗 웃으며 "아니?" 한다. 표정을 보니 날 좋아하는 게 아닌 건 확실했다. 그냥 거절을 못 하는 거였다. 에휴!

명분도 이유도 없는 희생과 배려는 감동적이기는커녕 오히려 비웃음만 산다. 지희의 외모를 보고 처음엔 설설 기던 애들도 성격을 안 후론 지희를 개 무시하는 분위기다.

이런 이유로 개가 자작극 동영상 운운해도 하나도 신경 쓰이지 않았다. 원래 겁이 많은 애이기도 하지만, 무엇보다 자기 인기 관리에 목을 매는 애니 일을 더 키우지는 않을 거라는 확신도 들었다. 얼마 되지도 않는 알량한 인기를 잃고 싶지 않아 하니 비굴해질밖에.

그래서 개 유튜브 팔로워 수 늘려 주는 걸로 퉁쳤다. 이걸로 손지희가 영상을 가지고 더 이상 문제 삼지 않을 거란 자신이 있다. 팔로워가 되어 줘서 고맙다고 댓글로 알랑알랑거리는 것만 봐도 그렇다.

그리고 또 한 놈, 정인섭 이야기를 안 할 수 없다. 이놈도 묘하게 나를 궁지로 몬다. 대외적으로는 누가 봐도 내 꼬붕처럼 보이지만 그게 아니란 건 걔랑 나, 둘만 안다. 오히려 실제로는 그 반대다. 내 아킬레스건을 쥐고 있는 놈이랄까?

물론 그 시작엔 나의 약점이 있었다. 내가 벌인 일 때문이란 걸 부인할 수는 없지만, 그래도 (이 시점에 이런 핑계를 대는 건 좀 그렇지만) 자전거를 팔아 돈을 만들라고 정보를 준 건 인섭이다. 그걸 진짜 실행하는가는 내가 결정했지만, 인섭이 아니었다면 절대 할 수 없는 일이었다. 그러므로 인섭과의 불량한 딜을 끊어 내고 그놈에게 끌려다니지 않으려면 이제 뒤가 켕기는 행동은 그만해야 한다.

그러니 스포츠 토토는 이번까지만 하고, 물건을 팔아 돈을 만드는 짓도 다시는 안 할 거다. 안 좋은 행동을 하기 시작하면 이것저것 약점을 잡히게 되고, 결국 덫에 걸린 쥐처럼 되기 마련이니까. 거짓말이 또 다른 거짓말을 부르듯이.

다시 한번 맹세컨대 도박은 이번까지만 할 거다. 이번에 따는 돈으로 주노에게 꾼 돈도 갚고 텅 빈 세뱃돈 통장도 다시 채우고 나면 절대, 절대 더 이상은 안 할 거니까 두고 봐라. 진짜 안 한다. 만약 또 하면 내가 개새끼다!

같은 옷 다른 느낌처럼,
한 사건에 관한 각기 다른 생각들

「굴러라, 공!」은 소설집 『나의 스파링 파트너』(2020)에 실은 단편이다. 교실 안에서 교묘하게 반의 평화를 깨고 폭력을 양산하는 남학생을 사적으로 응징하고자 일을 벌인 소녀 하윤의 이야기를 그렸다. 물론 시작은 정의감을 앞세운 선의였지만, 하윤이 굴린 '정의의 공'은 이리저리 부딪치며 일파만파 커져 의도한 바와 다르게 번지기 시작한다. 우리의 현실이 그렇고, 공의 생리 또한 그렇듯이 말이다.

이 단편과 같은 제목의 『굴러라, 공!』은 여기에서 시작된 연작소설이다. 가해자와 피해자가 정해진 교실 안에서 방관자로 존재하지 않겠다는 하윤의 의지는 높이 사지만, 애석하게도 그 의지가 왜곡되게 받아들여질 수도 있고, 본인이 미처 깨닫지 못한 부분이 있을 수도 있고, 입장 차이에 의해 하윤의 생각을 다르게 해석하는 학생이 있을 수도 있으며, 심지어 겉으로 보이는 현실 이면에 다른 스토리가 있을 수도 있다는 걸 보여 주고 싶었다. 이 또한 우리의 현실이니까.

마치 같은 옷 다른 느낌처럼, 한 사건을 바라보는 다섯 아이의 각기 다른 시각과 입장을 들어 보는 건 재미도 있고 우리의 사고의 폭을 넓히는 데 도움이 되기도 할 것이다. 타인과 교집합을 이루며 잘 살아가기 위해서는 이렇게 저렇게 현실을 배우고 타인의 생각도 이해하면서 사고의 폭을 깊고 넓게 해야 하니까.

인간은 복잡다단하다. 하나로 설명되지 않고, 하나의 행동 안에도 여러 가지 이율배반적인 생각이 복합적으로 들어 있을 수 있다. 하지만 그럼에도 불구하고 원인이 없는 결과는 없다. 다섯 아이의 이야기를 통해 우리는 앞에서 언급한 타인에 대한 이해를 배움과 동시에 그들이 왜 그렇게 행동하게 되었나를 되짚어 볼 수 있을 것이다. 이것 또한 문학을 통해서 삶의 진실을 배워 가는 방법 중 하나이리라.

그러니 비록 좌충우돌하더라도, 살아 있는 한 우리는 각자의 공을 건강하게 잘 굴리고, 우리가 의도하는 방향으로 공이 굴러가도록 끝까지 지켜 내기를 포기하지 않아야 할 것이다.

굴러라, 공!

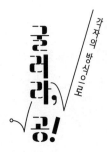

© 박하령, 2023

초판 1쇄 인쇄일 | 2023년 12월 15일
초판 1쇄 발행일 | 2023년 12월 29일

지은이 | 박하령
펴낸이 | 정은영
편   집 | 전유진 최찬미 장혜리
디자인 | 이도이
마케팅 | 이언영 연병선 한정우 윤선애 이유빈 최문실 최혜린
제   작 | 홍동근

펴낸곳 | (주)자음과모음
출판등록 | 2001년 11월 28일 제2001-000259호
주   소 | 10881 경기도 파주시 회동길 325-20
전   화 | 편집부 (02)324-2347, 경영지원부 (02)325-6047
팩   스 | 편집부 (02)324-2348, 경영지원부 (02)2648-1311
이메일 | jamoteen@jamobook.com
블로그 | blog.naver.com/jamogenius

ISBN 978-89-544-4987-8 (43810)